Un Été Wharton

À mes amours, Anna, Arto et Marie.
Et à ma tendre et joyeuse Marie-Line-Maman.

Loi n° 49 956 du 16 juillet 1949 sur les publications destinées à la jeunesse
helium-editions.fr
N° d'édition : FI 289
ISBN : 978-2-330-15074-7
Dépôt légal : premier semestre 2021

Avec le soutien de la Région Auvergne-Rhône-Alpes.

La Région
Auvergne-Rhône-Alpes

Conception graphique de couverture : Nicolò Giacomin

GAUTHIER DAVID

Un Été Wharton

Illustré par Marie Caudry

hélium

I.
QUI EST LÀ ?

— Klaxonne, Papadou, klaxonne ! criait Gigi Wharton à l'arrière de la Ford.

La voiture gravissait lentement la montée des Bois Noirs.

— Tiens-tu à ce que le hérisson qui habite notre sauge ait une crise cardiaque ? s'exclama Norman, avant d'entonner à tue-tête une effroyable imitation de klaxon. Edith se joignit à lui et Gigi éclata de rire. Quant à Perly, leur chien, il accueillit douloureusement cette cacophonie en pressant ses grosses pattes sur ses oreilles.

Impatiente de retrouver sa maison d'été, Gigi ne tenait pas en place sur son siège. Elle battait des mains et plantait par saccades la pointe de ses petits pieds dans le dos de son père qui conduisait. Mais Norman ne s'offusquait pas de ces coups de tatanes ; réprimer des élans de gaieté n'était pas son genre.

— À 52, on arrive, lança Gigi.

Et effectivement, à 52, comme par magie, après qu'elle eut compté les inévitables 51 1/2, 51 3/4, 51 4/5e, en exagérant et ralentissant la prononciation de chacune des syllabes de cinquuuuannnnnttttte eeeeettttt uuuuuuunnnnn ciiiinnqqqqq siiiiiixxxxxiiiiiièèèèèèmmmmeeeee, la voiture franchit la grille des Bois Noirs. Sur les graviers, les pneus jouèrent des maracas.

Le parc scintillait. La pluie du matin avait déposé ses gouttes d'eau sur chaque feuille, chaque petit caillou. De nombreuses branches gisaient çà et là, victimes des premiers gros orages de la saison. Norman ralentit. Il estima le travail de nettoyage qui l'attendait. Il laissa passer un crapaud qui prit un temps considérable pour atteindre le gazon. Gigi l'observa gagner par petits bonds grotesques son royaume de rocaille – une fontaine dominant un petit bassin.

Au bout de l'allée, grimée par l'ombre du hêtre centenaire qui lui faisait face et dessinait des chemins tortueux sur sa façade, la maison de vacances apparut. Elle révéla, dans les yeux des Wharton, le plaisir immense qu'ils avaient d'être là, à l'orée de cet été.

— Dérape, Papadou, dérape maintenant ! réclama Gigi. Un 360, s'il te plaît, le tourbillon !

Mais Norman ne tint pas compte cette fois des ordres de sa fille. Et c'est avec une grande sobriété qu'il freina, immobilisa la voiture et délivra ses passagers.

Gigi se pressa vers la maison, grimpa quatre à quatre les marches du perron. Et de là, s'écria :

— Papa, Maman ! C'est ouvert !

Edith et Norman, plongés dans le coffre de la Ford, interrompirent le déchargement des valises pour rejoindre leur fille à grands pas. Ils poussèrent silencieusement la porte et tendirent l'oreille. Un bruit de vaisselle cassée les fit sursauter.

Il y avait quelqu'un dans leur maison.

— Un voleur ? murmura Norman.

Edith se précipita sous le hêtre. Saisit une branche tombée sur le salon de jardin, en trouva une autre pour son mari.

Edith en tête de cortège, les Wharton entrèrent dans la maison sur la pointe des pieds… En fin de cordée, une poignée de gravier dans la main, Gigi suivait ses parents.

Perly, dont le nom délicat évoquait plus un diamant de rosée sur un pétale de pétunia que le molosse qu'il était réellement, aurait pu montrer quelque intérêt pour cette affaire. Se charger, par exemple, d'intimider le voleur. Mais non, le gros pépère préférait la chasse aux papillons !

— Qui est là ? osa Edith.

Pour toute réponse, on n'entendit qu'un nouveau fracas de verre brisé. L'intrus était dans la cuisine.

— On est armés ! ajouta Norman.

— On a du poil à gratter ! mentit Gigi.

— Bmeueueuhhh !!! brailla le voleur.

Edith et Norman échangèrent des regards perplexes et inquiets.

Dans la cuisine, le silence régnait à présent. Edith prit une grande inspiration et se jeta sur la porte, qui claqua contre le mur.

— Ahhhh ! cria-t-elle, tremblante.

Si elle s'attendait à recevoir un coup de poing dans la mâchoire, à se faire soulever de terre ou plaquer au sol par un malabar forcené, Edith ne pensait pas se trouver face à une biche, aux yeux écarquillés par l'effroi, perchée sur un buffet.

— Bambi, c'est Bambi ! jubila Gigi, qui avait suivi sa mère.

— Filez dans mon atelier ! ordonna Edith.

— Sois prudente, elle a l'air sauvage. Elle est peut-être dangereuse, lui répondit Norman.

Il prit Gigi par la main et l'entraîna dans la pièce d'à côté.

La biche, paniquée, bondit du buffet au plan de travail, de la cuisinière au-dessus du confiturier, renversant les bouquets d'aromates, les panières en osier. Maintenant, elle trépignait dans un coin de la pièce, ses pattes arrière frappant le mur par petits coups nerveux.

Edith, très calme, atteignit la fenêtre et l'ouvrit. Puis elle se glissa contre le mur. En miroir, très lentement, la biche longea celui d'en face jusqu'à s'approcher, à son tour, de la fenêtre. Edith fit alors un pas brusque vers elle. Terrifié, l'animal se jeta dehors et s'enfuit.

Edith s'assit, ouvrit une boîte où elle cachait des bêtises de Cambrai et en mit deux d'un coup dans sa bouche.

Puis elle appela Norman et Gigi.

À la question « Comment as-tu fait ? » que lui posa Norman, elle répondit par un mystérieux : « Secret de fille. »

2.
DEUX CAMBRIOLEURS POUR LE PRIX D'UN !

— Nous n'avions pas dû fermer la porte à clé, supposa Edith.

— Un coup de vent l'aurait ouverte ? renchérit Norman.

— Possible... Mais vérifions tout de même qu'on ne nous a rien volé !

Edith, Norman et Gigi se lancèrent dans une inspection minutieuse de la maison.

Edith inspira profondément son odeur, boisée, aux notes de lavande et de cire d'abeille, teintée d'un soupçon de renfermé, propre aux maisons de vacances. Tout le bon temps qu'elle contenait était là.

Norman se précipita au premier étage et s'écria, de son bureau :

— Ma collection de grains de riz est intacte !

Dans le salon, Gigi passa discrètement la main sous le sofa. Il était toujours à sa place. Son petit péché : un vieux chewing-gum collé là depuis cinq ans, qu'elle trempait dans de l'eau sucrée pour lui redonner du goût.

Elle cavala jusqu'au deuxième étage pour retrouver sa chambre et ses boîtes à merveilles. Dents de lait, scarabées secs et dessins de souliers... aucun de ses précieux trésors n'avait disparu.

Edith et Norman explorèrent la maison de la cave au grenier comme s'ils la visitaient pour la première fois, ouvrant chaque fenêtre pour qu'elle goûte l'air du jour. Il ne manquait rien.

Vidant les valises, ils discutèrent de la fête des étoiles filantes qu'ils organiseraient le 13 août comme chaque été, du « miel d'escalier » qu'il faudrait bientôt récolter, des chaises longues à sortir sous le hêtre et dans lesquelles ils pourraient, dès ce soir, se délecter du crépuscule.

Bien qu'il ne soit plus question de cambriolage, Gigi voulut quand même jouer au gendarme et au voleur avec Perly. Elle agita un coin du tapis sous le museau du chien.

— Si un voleur est entré ici, dit-elle, il a dû laisser des traces. Sens, Perly, renifle, bon chien !

Mais le molosse bâilla d'un profond ennui et lui tourna le dos. Gigi, agacée par tant de mollesse, lui planta un coin du tapis dans une narine.

— Allez, Perly, cherche, bon sang, cherche !

Mû par une force invisible, Perly s'élança alors hors de la maison. Gigi lui emboîta le pas. Il renifla une crotte de chat avant de suivre une piste vers la forêt.

Une bonne heure durant, les deux détectives arpentèrent les environs. Puis Perly reconduisit Gigi au point de départ de l'enquête : le tapis. Car ça, pour l'avoir senti, il l'avait bien senti, le tapis !

Ce soir-là, Norman s'isola dans son bureau et alluma son ordinateur. Il ouvrit le fichier *Les Bois Noirs*, où il accumulait de nombreux textes. Tous racontaient sa vie dans cette maison. Il la chérissait depuis l'enfance et en avait hérité de ses parents, qui en étaient les architectes.

Il imprimait ensuite ces fantaisies littéraires sur de beaux papiers épais, typographiait leurs titres bien choisis en caractères de plomb sur sa presse mécanique, puis reliait ces petits recueils à l'aiguille et au fil. Depuis son adolescence, où il avait séduit une fille avec l'un de ses poèmes, il se passionnait pour l'écriture. Il avait ainsi constitué une jolie collection de livres précieux, délicats et sensibles.

À ce jour, il n'avait pas encore écrit d'histoire de cambrioleur. Il se lança :

« Un soir, il était plus de minuit, quand un carreau de l'arrière-cuisine éclata en morceaux. Quelqu'un entra par la fenêtre. Il portait un masque et des gants. C'était un voleur.

Au même instant, un carreau de la bibliothèque se brisa lui aussi. Un autre voleur s'introduisit dans la maison.

Ils n'étaient pas ensemble, mais ils avaient choisi le même soir pour la cambrioler. L'un farfouillait dans les tiroirs du salon. L'autre fouinait dans l'argenterie de la cuisine. Soudain, l'un entendit un bruit. C'était l'autre, qui avait marché sur une lame de parquet qui craquait. L'autre perçut une palpitation : c'était l'un, dont le cœur battait très fort. L'un se cacha alors derrière la porte, l'autre y colla une oreille. L'un sentit la présence de l'autre, l'autre vit l'ombre de l'un par la serrure. L'un prit tout à coup peur de l'autre, l'autre eut soudainement peur de l'un. L'autre se précipita par la fenêtre. L'un jaillit de derrière la porte et se jeta comme l'autre par la même fenêtre. Ils se retrouvèrent empêtrés l'un sur l'autre dans le jardin. Se pincèrent, se tirèrent les cheveux, coups de tête, coups de poing, l'un pour s'arracher aux jambes de l'autre, l'autre pour se délivrer des bras de l'un. La bagarre ne dura que quelques secondes. L'un échappa à l'autre, l'autre échappa à l'un.

Ils détalèrent dans le jardin, chacun de son côté, sans emporter, ni l'un ni l'autre, de butin. »

Satisfait, Norman referma son ordinateur. Il réfléchissait au titre qu'il donnerait à ce texte – pourquoi pas « Deux cambrioleurs pour le prix d'un ! » –, quand un terrible coup de tonnerre éclata.

3.
UN DRAGON SOUS LA MAISON

Norman rejoignit Edith dans leur chambre, où il trouva Gigi blottie contre sa mère. Le déluge l'avait réveillée.

— J'ai peur, Papa, murmura-t-elle.

Le volet claqua. Norman alla à la fenêtre pour le rabattre. Il fut aidé par la branche d'un arbre qui le lui ferma sur le nez. Il essuya son front dégoulinant de pluie.

L'orage s'était abattu d'un coup. Dehors, des trombes d'eau inondaient le jardin. Des rafales de vent soulevaient les graviers, frappant tous les obstacles qu'elles rencontraient. Les jardinières suspendues aux fenêtres se fracassèrent dans les massifs.

— Edith, j'ai cru voir passer la maison des voisins dans le ciel ! cria Norman.

— On n'est pas au pays des trois petits cochons ! le rassura sa femme.

Une certaine inquiétude se lisait pourtant dans ses yeux, d'habitude si rieurs et confiants. Les Wharton n'avaient jamais connu de tempête si violente aux Bois Noirs.

Gigi se mit à trembler.

— Il y a quelque chose sous la maison !

Edith et Norman prêtèrent l'oreille. Effectivement, des bruits sourds provenaient d'en bas.

Norman imagina une horde de tigres rugissants, un dragon tapi sous la terre, un volcan... Il ferma les yeux une seconde, inspira, expira pour se calmer.

— Attendez-moi ici, lança Edith, je vais voir !

Elle descendit à la cuisine et emprunta la petite porte dissimulée dans le placard. Elle s'avança courageusement dans l'escalier en colimaçon jusqu'à la cave, d'où s'élevait le vacarme.

La cave était voûtée. Ses courbes rappelèrent à Edith les vagues de l'océan Atlantique qu'elle aimait tant. Elle sentit le sol bouger et s'assit sur une caisse de vin pour reprendre ses esprits.

Sous ses pieds, enfouie dans le sol en terre battue, elle repéra une trappe dont elle ne connaissait pas l'existence. Elle la souleva. Dessous, un petit ruisseau coulait tranquillement dans un lit de roches. La pluie diluvienne qui s'abattait dehors l'avait sans doute réveillé. Edith comprit. La cave voûtée était comme une caisse de résonance. Elle amplifiait le son de cette eau vive, qui ressemblait alors à celui d'une mer déchaînée.

Tout allait bien. Pas de tigres, de dragon, ni de volcan ici, juste une rivière souterraine qui cherchait son chemin.

Edith remonta en vitesse.

— Venez, dit-elle en prenant les mains de Norman et Gigi, venez écouter l'océan !

Au fond de la cave, Norman avait entreposé des fauteuils d'opéra : trois places en molleton de velours rouge. Il dégagea les cartons qui les encombraient et ils s'installèrent confortablement pour profiter de cette musique fascinante.

Norman pensa avec douceur à sa maison. Elle, qu'il avait l'impression de bien connaître, lui cachait encore des surprises.

La maison des Bois Noirs était le bol d'air frais des Wharton ; conviviale et rassurante, elle était à leurs yeux comme un membre de la famille. Pour un assortiment de cailloux, de bois et de métaux, d'éléments aux origines sauvages, elle avait la prestance d'une dame du monde distinguée et soignée.

Selon Norman, sa porte, ses fenêtres du premier étage et ses deux cheminées dessinaient un visage. Il questionnait toujours ses amis de passage à son sujet : « Ne trouvez-vous pas qu'elle ressemble à une actrice célèbre ? »

Mais personne ne savait jamais vraiment dire laquelle.

Ses beaux volumes accueillaient merveilleusement les fêtes. Lumineuse, ouverte par de grandes fenêtres, elle semblait comme habitée par la gaieté du jour. Cette maison était riche d'une bibliothèque, refuge des grandes pensées et histoires de notre monde. Suffisamment spacieux, son salon permettait des parties endiablées de balle aux prisonniers s'il pleuvait dehors. Les pelouses du jardin invitaient aux roulades et aux siestes. Ici, Edith et Norman se reposaient des tourbillons de leur vie urbaine, de leur travail accaparant. Tous deux étaient grands reporters et voyageaient dans le monde entier. Le marché de la patate douce en Équateur, la pêche à la truite en Amérique, le tri postal à Ouagadougou n'avaient pas de secrets pour eux.

Edith et Norman souhaitaient passer plus de temps aux Bois Noirs. Peut-être même de s'y installer à l'année, quand leurs métiers le leur permettraient.

Gigi interrompit Norman dans sa rêverie :

— C'est génial ! Papa, Maman, on devrait inviter l'orage plus souvent !

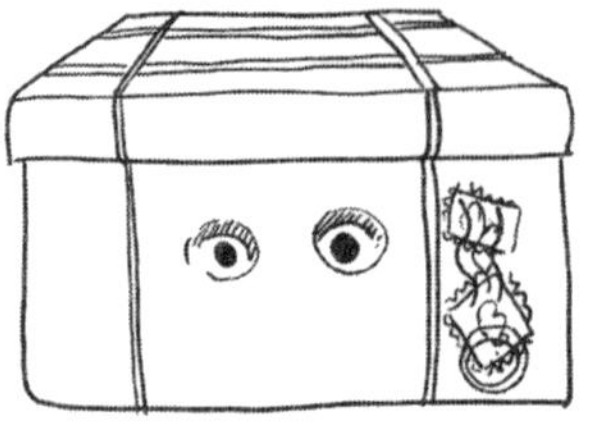

4.
COCO COCO CORNÉLIUS

— Je m'ennuie, je m'ennuie, je m'ennuie.

Gigi n'avait que ces mots à la bouche depuis qu'elle était sortie de son lit. Elle les répétait comme un mantra quand elle entra dans la chambre de ses parents.

Elle passa la main sous leur drap de lin et chatouilla les orteils de Norman, qui se débattit en râlant. Il tenta comme il pouvait de recroqueviller ses jambes au-dessus de son ventre, voire de son menton. Gigi s'en prit alors aux mollets chatouilleux de sa mère. Elle était décidée : l'un d'eux devait s'occuper d'elle, lui inventer un jeu inédit ou improviser pour elle une pièce de théâtre ! Ils auraient droit aux pires tortures tant qu'ils ne céderaient pas.

Edith ne supporta pas que leur fille leur gâche cette première grasse matinée qu'ils convoitaient depuis plusieurs semaines, et se redressa brusquement.

— JE M'ENNUIE, JE M'ENNUIE, JE M'ENNUIE ! GNAGNAGNA GNAGNAGNA ! GIGI ! MAIS NOUS

SOMMES ARRIVÉS HIER ! Va donc chercher le courrier, le facteur a dû passer !

— Pas la peine de crier, Maman ! s'exclama Gigi, en s'enfuyant dans le couloir.

Norman qui s'était levé pour fermer la porte de leur chambre, passa la tête dans l'entrebâillement.

— Tu nous diras si le loir habite toujours la boîte aux lettres ?

— Ouuuuiiiii !!! s'écria Gigi, déjà dans l'escalier.

Gigi adorait les Bois Noirs, mais chaque année, c'était le même cinéma : dès le premier jour, elle se plaignait de sa trop grande solitude, ses amis lui manquaient.

C'est en traînant les talons, traçant du même coup une ride profonde dans les graviers de l'allée, qu'elle atteignit la boîte aux lettres. Elle ne trouva à l'intérieur qu'une bogue de châtaigne et des feuilles du hêtre séchées. Pas de loir ici – il avait sûrement déménagé – ni de courrier. Gigi pesta en refermant la boîte. Mais alors qu'elle s'apprêtait à retourner à la maison pour se plaindre à ses parents du GRAND ENNUI qui l'envahissait, le son d'un moteur lui parvint depuis la côte. C'était justement le facteur ! Il s'arrêta, un gros paquet attaché au porte-bagages de son deux-roues.

— Je ne sais pas ce qu'il y a là-dedans, lui dit-il guilleret, mais ça n'arrête pas de piailler !

Gigi observa la boîte à chaussures percée de petits trous qu'il lui remit ; quelque chose se débattait effectivement à l'intérieur, en poussant de petits cris aigus. Un être vivant ? Gigi arracha l'emballage et ouvrit la boîte. Dedans, il y avait un perroquet.

— Ça alors, fit le postier.

— Cornélius, Cornélius, jactait l'oiseau.

— C'est ton nom ? l'interrogea Gigi.

— Coco cocornicon, cocornichon, cui Cornélius. Candrew m'a cabandonné.

Tout émue de sentir le petit cœur battant de ce magnifique perroquet au creux de ses paumes, Gigi salua le facteur en vitesse et courut vers la maison.

Dans la cuisine, Edith et Norman étaient tous les deux plongés dans l'étude d'un quartier de pomme truffé de vers. Ils s'arrachèrent à leur contemplation lorsque Gigi déboula devant eux, brandissant sous leur nez l'oiseau des îles qui caquetait et se débattait dans ses mains.

— C'est un cadeau d'Andrew, fit-elle, enjouée, il s'appelle Cornélius.

— Norman, tu as entendu ? dit Edith à son mari.

Mais Norman n'eut pas le temps de dire quoi que ce soit, devancé par Cornélius qui piailla :

— Couillon, Norman couillon !

— Quoi ? s'offusqua Norman.

— Couillon, Norman couillon ! répéta Cornélius.

— J'ai compris, ça va, merci ! bougonna Norman.

— Il répète certainement ce que lui a dit Andrew, précisa Edith.

Norman prit sa tête dans ses mains.

— C'est pas vrai ! D'abord Perly, maintenant un oiseau !

Andrew était le petit frère de Norman. La personne sur terre qu'il supportait le moins. Pourtant, Andrew l'avait sauvé d'un incendie lorsqu'il avait sept ans. Mais Andrew… Lui, lui, lui, le plus intelligent, le plus riche, le plus fort (il avait un jour assommé un crocodile), lui, lui, lui, le virtuose du piano, qui chantait merveilleusement et maîtrisait la danse classique ainsi que toutes les danses de salon… Andrew qui connaissait des dompteurs de lions, des fakirs, des maharadjahs. Andrew qui serait le premier homme à pique-niquer sur Mars. Andrew qui ne connaissait pas le prénom de sa nièce et pensait que Gigi était un garçon (« Gigi » comme diminutif de Gilbert). Andrew, l'insupportable cadet, qui, il y a six mois de ça, leur avait déjà refilé son chien !

L'oiseau sauta sur la pomme, piqua un ver avec son bec et lança :

— C'est con !

Edith le reprit :

— Oui, c'est bon, Cornélius ! C'est bon !

Dans l'entrebâillement de la porte, Perly observait le perroquet. Quand celui-ci le vit, il cria :

— Curly, beau crétin !

— Il doit vouloir dire « Perly, beau chien » ! rectifia Norman.

Perly tendit alors la patte. Cornélius se posa dessus et reçut une grosse léchouille de son vieux copain retrouvé.

Gigi se prit d'affection pour Cornélius. Remède à son ennui, le bel animal aux couleurs arc-en-ciel l'accompagnait partout. Y tenait-il vraiment ? Il n'avait pas le choix, à vrai dire, Gigi avait trop peur qu'il lui fausse compagnie. Quand elle sortait, elle le gardait donc attaché par une ficelle à son annulaire. Le reste du temps, elle l'enfermait dans une petite volière que Norman avait chinée. Cornélius prenait soin de son logis. Il l'avait aménagé avec goût – goût de perroquet. Des brindilles bien ordonnées lui servaient de nid. Dans un joli caillou creusé, il s'abreuvait. Sur une petite planchette de bois, Gigi lui déposait du grain.

Mais la fillette comprit vite que Cornélius n'était pas d'une nature portée à l'aventure. Une vie domestique et casanière lui convenait parfaitement. Jamais il n'aurait renoncé à son petit confort. S'enfoncer dans la forêt, c'était risquer de s'y perdre.

Alors Gigi cessa de le tenir captif. Elle laissa sa cage ouverte et ne le contraignit plus au petit périmètre délimité par la ficelle nouée au bout de son doigt. Bien que libre de ses mouvements, Cornélius la suivait encore partout, campé bien droit et fier sur son épaule.

L'arrivée de l'oiseau aux Bois Noirs embellit la vie jusqu'ici si ennuyeuse de Gigi. Dès qu'elle mettait un disque de jazz, Cornélius lui chantait :

— Accocordez-moi cette danse, Kiki !

Et elle remerciait secrètement son oncle d'être une « espèce de salaud », comme le traitait souvent son père.

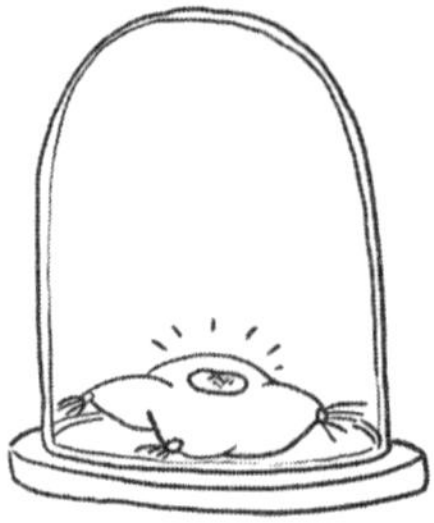

5.
CURIZOSITÉS

Depuis quelques jours, Gigi entraînait Cornélius à prononcer les mots « À table ! » – cette formule magique incontournable pour rassembler les siens à l'heure du petit déjeuner qu'elle préparait chaque matin.

Mais malgré toute son application et la persévérance de Gigi, les nombreux exercices de gymnastique de bec qu'elle proposait à Cornélius, le pauvre oiseau n'arrivait à rien.

— Allez, Cornélius, l'encouragea-t-elle une nouvelle fois un matin, un peu excédée, il faut que tu te lances ! Essaie de le dire bien au moins une fois !

L'oiseau des îles s'envola. Il virevolta dans le grand escalier pour atteindre le second étage, jusqu'à la chambre d'Edith et de Norman, qui dormaient encore. Leur porte était ouverte. Il se posa sur la table de chevet de Norman. Mais à la place du doux et mélodieux « À table ! » tant attendu pour les inviter à descendre, il brailla de son timbre perçant un monstrueux

« CAAAAARRRRRTTTTAAAABLLLLLE !!! » qui saisit de terreur les pauvres tourtereaux.

Cornélius s'en retourna dans le couloir en tonitruant d'autres désagréables « CAAAAARRRRTTTAAAABLLLLLE !!! CAAARRRRRTTTAAAABLLLLLE !!! » de sa voix stridente et piquante. Gigi manqua s'étrangler de rire.

Heureusement, Cornélius avait bon esprit. Il ne se vexa pas pour autant.

Un peu plus tard dans la matinée, Norman quitta les Bois Noirs pour aller faire une course en ville. Alors qu'il s'apprêtait à passer la grille, Cornélius sortit bruyamment de la maison.

L'apercevant dans son rétroviseur, Norman abaissa sa vitre. Le perroquet entra dans l'habitacle, incommoda Norman de ses fougueux battements d'ailes et finit par se poser sur le volant.

— Que t'arrive-t-il, mon oiseau ? lui demanda Norman en lui caressant le haut du crâne.

Il n'eut pas le temps de se boucher les oreilles que Cornélius brailla de sa voix atroce :

— À TTTTAAAAABBBBBBLLLLLLEEEEEE !!!

Norman, anesthésié par ce cri terrifiant, se ratatina sur son siège. Il n'en revenait pas.

— Cornélius, mais tu as dit « À table ! ». Bravo, bravo !

Au même moment, Gigi accourut en criant :

— Papa, tu as oublié ton cartable !

C'était sans doute ce que Cornélius avait essayé de lui dire.

Mais Norman n'écoutait pas sa fille, il jubilait :

— Gigi, tu ne vas pas me croire, Cornélius vient de dire « À table ! ». Vas-y, Cornélius, dis-le encore !

Et il ouvrit grand la bouche, articulant de façon exagérée les mots « À table ! », pour servir d'exemple au perroquet.

Mais l'oiseau s'échappa du véhicule, griffant le nez de Norman au passage, virevolta au-dessus de la voiture et jacta un abominable :

— CAAAAAARRRRRTTTTAAABBBBLLLLEEEE !

— On n'y est pas encore... bougonna Norman.

Il embrassa Gigi et démarra, lançant par la fenêtre ouverte :

— ... mais on y arrivera !

Comme sa mère était occupée à presser l'intégralité d'un filet d'oranges et que son père tardait à revenir de ses affaires en ville, pour tromper son ennui, Gigi poussa la porte du bureau de ce dernier. Il était aussi rangé qu'une chambre d'enfant, c'est-à-dire bien mal. Norman ne vidait jamais sa corbeille, le sol était jonché de brouillons de textes et de boulettes de papier. Un vrai bazar !

Gigi tourna autour du bureau, puis déplaça les nombreuses œuvres d'art qu'elle offrait à Norman à chaque fête des Pères depuis sa première année de maternelle : un champignon en papier mâché, une mini-batterie en boîtes de conserve et capsules de bouteilles, une maquette des ruines de Pompéi faite en rouleaux de papier toilette… Elle jeta un coup d'œil au courrier, son père avait griffonné une couronne de saucisses et des portraits de cochons entre les phrases de l'une de ses lettres. Il avait des correspondants aux quatre coins du monde. Une amie de Norvège lui envoyait chaque été des lettres rafraîchissantes. Un cousin sociologue l'épuisait de questions. Un oncle lui parlait de l'Amérique…

Gigi fit tourner entre ses doigts le carton d'invitation qui annonçait leur grande fête de l'été. Son père l'avait imprimé sur sa petite presse typographique. Elle fut ravie de cette recommandation : « Venez déguisés ! »

S'approchant de la grande armoire, elle regarda avec envie les nombreux costumes que son père y conservait : celui d'une créature aquatique qu'il avait acheté à un studio de cinéma, une peau de mouton noir qu'il disait de l'époque des hommes des cavernes, une armure qu'un antiquaire, sans doute un peu mythomane, lui avait vendue comme ayant appartenue à Lancelot du Lac...

Chacune de ses extravagantes tenues était un souvenir rapporté de ses grands reportages. Tout comme ses grains de riz gravés.

C'est d'ailleurs dans le tiroir central de cette armoire que Norman gardait principalement sa précieuse collection, disposée dans les compartiments d'une belle boîte en bois vitrée. En montant se coucher, Gigi le surprenait souvent, une loupe à la main, en train de les détailler. Sur l'un d'eux – son favo*riz* comme il disait – était gravée la tour Eiffel.

Gigi ouvrit le fameux tiroir. Elle en sortit la boîte en bois. Elle n'avait pas le droit de toucher aux grains de riz gravés de son père. Elle en prit quand même un dans la main, celui avec la tête de chat. Et le lécha du bout de la langue. Il n'avait pas tellement de saveur, pas plus qu'un caillou. Gigi le reposa, ni vu ni connu. Elle n'entendit pas la voiture qui se garait dans la cour.

Elle fit tournoyer une petite fusée en carton, qui atterrit, après quelques loopings, près d'un pot de confiture tapissé de timbres que Norman utilisait pour ranger ses stylos. Gigi ne fit pas attention aux pas qui montaient l'escalier.

Se prenant les pieds dans une chaise, elle bouscula la table. Un bol de thé refroidi, à moitié plein, tomba au sol, inondant le tapis.

C'est à ce moment que Norman entra dans la pièce.

— Que se passe-t-il ici ? s'exclama-t-il en regardant Gigi, qui croisa immédiatement ses bras dans son dos. J'espère que tu n'as pas touché à mes grains de riz, ma chérie !

— Euh, moi, Papadou ? Pas du tout ! dit-elle les yeux baissés, avant de se faufiler à quatre pattes entre les jambes de son père, qui obstruait la sortie.

— Jamais de la riz ! ajouta-t-elle en déguerpissant dans le couloir.

Mais, avant qu'elle n'ait eu le temps de se réfugier dans sa chambre, Norman l'interpella, furieux :

— Gigi, reviens par ici, s'il te plaît !

Le dos voûté, affichant sa petite mine de Gigi inquiète, elle redescendit piteusement les marches de l'escalier.

Norman ne put contenir sa colère.

— Tu sais que je les considère comme la prunelle de mes yeux !

— Plus que moi ? s'inquiéta-t-elle.

Norman souffla. Il tenait un grain de riz entre deux doigts, qu'il braqua sous les yeux de sa fille.

— Il vient de Chine, celui-là ! Quand j'enquêtais sur la Grande Muraille ! Et ce chat était l'une de mes plus belles pièces. Que lui as-tu donc fait ? Regarde, il lui manque un bout du nez ! Il est tout fichu maintenant.

Gigi sentit alors un petit quelque chose qui la gênait, coincé entre deux dents. Cette particule n'était-elle pas le museau du chat ? Elle la montra à son père.

— Je pourrais peut-être le recoller ? osa-t-elle, timidement.

Norman s'emporta :

— Je t'interdis, dorénavant, d'entrer dans mon bureau quand je n'y suis pas ! Je suis déçu, Gigi, très déçu. Je pensais que tu avais la maturité de reconnaître une chose précieuse, mais je vois que je me suis trompé...

Gigi eut si honte qu'on ne la vit pas traîner dans les pièces communes le reste de la journée. Une formule magique qui lui aurait permis de ne pas se faire gronder, voilà ce qui lui aurait été bien utile ce jour-là !

À l'heure du dîner, comme Gigi ne répondait pas aux appels insistants de sa mère, celle-ci monta la chercher dans sa chambre. Elle la trouva étendue tout habillée dans son lit, dormant d'un sommeil profond. Edith embrassa sa Gigi tendrement et lui caressa le front.

Dès qu'Edith redescendit, Gigi ouvrit les yeux, soupira et s'installa dans autre position.

6.
LA LETTRE MAGIQUE

Le lendemain matin, dans un demi-sommeil, Gigi sentit quelque chose de plat et froid, doux au toucher, sous son oreiller.

— Une lettre ! s'exclama-t-elle.

Sur la petite enveloppe blanche, elle lut cette adresse, qui l'amusa :

Gigi Wharton
Oreiller de plumes
Second étage, Chambre des Feuillages
Maison des Bois Noirs

Elle en sortit une feuille de papier percée de petits trous. C'était du braille : l'écriture des aveugles. Son père lui en avait parlé.

« Mais je ne sais pas lire le braille ! » pensa-t-elle.

Un CD accompagnait la lettre. Curieuse, Gigi l'inséra dans son petit lecteur.

« Bonjour, ma chérie (c'était la voix de Norman), voici le mode d'emploi de cette lettre :

1. Remplis un récipient d'eau et de savon liquide.

2. Trempe ta lettre dans le récipient.

3. Souffle ensuite sur les trous dans le sens de la lecture. Attention ! Tu ne pourras le faire qu'une seule fois. Quand le papier sera imbibé d'eau, il se délitera vite.

À toi de jouer ! »

Gigi était intriguée. C'était là une drôle de façon de lui délivrer un message...

Qu'avait donc à lui dire son père ? Essayait-il de faire la paix, après les réprimandes de la veille ? D'expérience, elle savait qu'il ne restait jamais longtemps fâché contre elle.

Gigi descendit dans la cuisine et suivit scrupuleusement les consignes de Norman. Lorsqu'elle souffla sur chacun des trous, des lettres en bulles de savon se formèrent dans l'air.

— B O N J O U R, lut-elle.

La lettre N explosa en gouttelettes.

Gigi fit de grandes brassées d'air avec les bras pour que les autres bulles n'explosent pas et se maintiennent en vol. Lorsqu'elles s'approchaient d'un meuble, elle les en détournait d'un battement de mains. Les lettres reprenaient alors de la hauteur.

Gigi conserva ainsi le mot B O J O U R de longues secondes sous le plafond de la cuisine. Elle était soulagée. Norman ne lui en voulait donc plus d'avoir croqué sa tête de chat. Par cette douce attention épistolaire, il enterrait la hache de guerre.

Gigi décida de lui répondre. Sur sa lettre, elle écrivit :

Norman Wharton
Oreiller de droite
Second étage, Chambre des Hautbois
Maison des Bois Noirs

Elle se glissa dans la chambre de ses parents qui dormaient encore et, précautionneusement, glissa sa petite enveloppe sous l'oreiller de son Papadou.

Il allait être sacrément content de recevoir ce bon pour des chatouilles.

La journée commençait drôlement bien. C'était effectivement un « bo jour » qui s'annonçait.

« Une si belle lettre, se dit Gigi, pourquoi pas une autre ? »

Ni une ni deux, elle courut à la boîte aux lettres. Celle-ci était enfouie au creux d'un gros bégonia. Prenant bien soin de ne pas casser les blanches, Gigi pénétra dans le massif.

Avec le facteur, c'était devenu un jeu. Chaque matin, elle se cachait là et l'attendait. Quand il arrivait près de la boîte, Gigi jaillissait du bosquet en poussant un cri perçant, et se jetait sur lui ! Il laissait alors tomber par terre tout ce qu'il tenait et s'offusquait en feignant la surprise : « Oh, non ! La créature du bégonia a encore frappé ! »

Gigi espérait beaucoup de cette rencontre matinale depuis que le facteur leur avait livré le colis contenant Cornélius. Mais les Wharton n'avaient reçu depuis que des courriers administratifs et des lettres rafraîchissantes de l'amie norvégienne.

Le soleil de neuf heures allait bientôt siéger à la pointe du grand sapin, comme l'étoile de Noël. Le postier arrivait toujours à ce moment-là.

Gigi l'entendit approcher. Sa motocyclette vrombissait plus qu'à l'accoutumée, semblant peiner dans la montée. Le facteur râlait. Ses pics de colère réguliers couvraient alors la rumeur du moteur.

— Arrête de bouger, s'il te plaît, ne te tortille pas, on est arrivés !

Gigi, toujours bien cachée, n'en croyait pas ses oreilles : le facteur n'était pas seul ! Que leur apportait-il aujourd'hui ?

Gigi vit une ombre passer devant le bégonia. Elle projeta sa main hors du feuillage pour l'attraper vaillamment et jaillit du massif en riant.

Mais au bout de son bras, point de facteur, elle tenait celui d'un enfant. Il avait la peau mate, les cheveux épais, noirs et torsadés. Il lui lança un regard perçant et se dégagea avec tant de violence que le poignet de Gigi craqua.

— C'est un envoi recommandé, dit le postier qui semblait très pressé. Vous pouvez signer ici ? demanda-t-il à Gigi, en lui tendant un petit registre et un crayon qu'il sortit de la poche de sa chemise.

Il n'était pas d'humeur légère, ce jour-là. Il paraissait même fortement contrarié.

— J'ai le droit ? dit-elle.

— Signez ici, madame Gigi, s'agaça-t-il.

Elle griffonna un zigouigoui. Sans un mot de plus, le postier s'élança dans la descente, en laissant les deux enfants face à face.

Gigi dévisageait le garçon. Il faisait à peu près sa taille. Comme elle, il devait avoir dix ans.

Elle demanda :

— Comment tu t'appelles ?

Il répondit :

— Ta gueule !

7. LE GARÇON DE LA BOÎTE AUX LETTRES

Qui était ce garçon à la méchanceté si vive ? Jamais personne n'avait parlé de la sorte à Gigi. Blessée, bouillant intérieurement, elle se dirigea vers la maison, suivie de loin par cet envoi recommandé qui jetait des cailloux sur les hirondelles.

Cornélius les observait, perché dans le hêtre. Quand Gigi le vit voler vers eux, elle tapota son épaule du bout des doigts. C'est qu'elle avait un perroquet apprivoisé, elle ! Elle allait lui en boucher un coin, à ce nabot ! Mais Cornélius n'honora pas son invitation. Il lui préféra les cheveux crépus du garçon, qui le chassa férocement.

— Hé, doucement ! cria Gigi.

Le garçon releva le menton, serra le poing, fit un pas en avant et la menaça :

— T'as un problème, toi !

Dans la cuisine, Edith déposait minutieusement des peaux d'agrumes sur le rebord de la fenêtre. Plusieurs pichets de jus d'orange et de citron encombraient la table du petit déjeuner, sur un coin de laquelle Norman écrivait une histoire.

Quand les enfants apparurent, il s'écria :

— Jamie, mais que fais-tu là ? Ta mère, où est ta mère ? Comment es-tu arrivé jusqu'ici ?

Le garçon ne répondit pas. Norman s'approcha de lui, il voulut l'embrasser, mais le dénommé Jamie l'esquiva et recula.

— Dis quelque chose… l'encouragea Edith.

Rien.

— Gigi, où l'as-tu rencontré ?

— À la boîte aux lettres. C'est le facteur qui l'a livré !

— Pas possible ! s'étonna Norman en déverrouillant son téléphone.

Il fit défiler sa liste de contacts, puis appela :

— Allô… puis-je parler à Dolorès, s'il vous plaît ?…

À l'autre bout du fil, on discernait une voix d'homme.

— Oh, non… au ciel… d'accord…

Après quelques échanges, Norman raccrocha. Il semblait bouleversé.

Gigi rompit le silence dans lequel était plongé son père.

— Papa, ça va ?

— Je dois m'asseoir, souffla Norman en attrapant une chaise, avant de se tourner vers elle.

— Gigi, je te présente ton cousin : Jamie, le fils d'Andrew.

— Mon cousin ?

Edith, qui avait senti le désarroi de son mari, s'adressa à Gigi :

— Fais-lui donc visiter la maison. Nous devons parler avec ton père.

Gigi connaissait l'existence de ce cousin, mais elle ne l'avait jamais rencontré. Jamie était le fils d'Andrew, dont celui-ci ne s'était jamais occupé. Norman reprochait de nombreuses choses à son frère, dont cette négligence paternelle qu'il jugeait imbécile et impardonnable. Qu'Andrew se soit détourné ainsi de ce rôle essentiel lui faisait honte.

L'apparition d'un camarade de jeu aux Bois Noirs enchantait Gigi. À condition, bien sûr, que celui-ci se calme et accepte ses règles ! Elle ne voulait pas d'un mauvais partenaire et ne supporterait pas de recevoir une autre insulte en pleine face.

Dans le vestibule, Gigi se mit en tête d'impressionner Jamie, de le séduire. Elle planta un doigt dans son nez, qui ressortit par une oreille.

— Nul ! commenta Jamie.

C'était pourtant le plus grand tour de magie de Gigi. Mais elle ne se démonta pas pour autant. Elle plongea la main sous sa chemisette, d'où elle extirpa ce qu'elle appelait son talisman : une canine qu'elle portait en pendentif autour du cou.

Cette dent de lait, elle n'avait pas voulu la céder à la petite souris quand elle avait sept ans, pas même contre une pièce.

— Tu en voudrais une, Jamie ? lui proposa Gigi. J'ai une incisive en rab dans ma chambre.

Sec et méprisant, il rétorqua :

— Bon ! Tu me fais visiter maintenant ?

— D'accord ! D'accord !

Les cousins entrèrent dans le salon du rez-de-chaussée.

— Mon père a trouvé cette peinture chez un antiquaire, dit Gigi en montrant une très grande toile suspendue au-dessus de la cheminée.

— Et alors ? fit Jamie.

— Tu ne le reconnais pas ?

Le tableau représentait un arbre dans une clairière, au cœur d'une forêt.

— Ce hêtre, c'est le nôtre !

Gigi pointa du doigt le jardin.

— Cette forêt, c'est celle des Bois Noirs avant que nos grands-parents ne fassent construire la maison, avant nous tous !

Elle ajouta :

— Mon père prétend que ce sont deux géants qui l'ont bâtie. Je pourrais te raconter cette histoire...

— M'en fous ! dit Jamie.

Il montra les écorces d'oranges, de pamplemousses et de citrons, bien ordonnées, par taille et par couleur, sur les tablettes en plâtre des fenêtres.

— Ah, ça ? C'est la nouvelle manie de ma mère, expliqua Gigi. Elle recycle. Derrière les carreaux, les peaux durcissent rapidement au soleil. Elle les récolte ensuite quand elles sont bien sèches. Elle en a déjà rempli un gros sac. Depuis notre arrivée ici, on boit des jus de fruits tout le temps. Ma mère en presse des litres et des litres. Et elle ne s'arrête pas là. Elle prépare aussi des salades, des gelées et des marmelades de fruits. J'espère que tu aimes les sorbets à l'orange et les tartes au citron. Tout est prétexte pour éplucher ici ! Elle doit avoir une idée artistique en tête.

— C'est n'importe quoi ! lança Jamie. Tu n'as rien de plus intéressant à dire ?

Il ne laissa pas à sa cousine le temps de riposter. Il sortit du salon et monta l'escalier.

Sur l'une des marches, une branche poussait.

— Fais attention ! le somma Gigi. Ne te prends pas les pieds dedans. C'est un châtaignier. Mon père y tient beaucoup.

Mais Jamie prit appui sur la branche, qui craqua, pour atteindre la marche suivante. Fort heureusement, elle ne se cassa pas.

Gigi le trouva vraiment débile sur ce coup-là, mais refoula tout commentaire.

Au premier étage, Jamie ne prêta pas attention au petit salon jaune ni à la bibliothèque et s'avança vers le bureau de Norman. Gigi s'interposa en s'exclamant :

— Non, pas là ! Je n'ai plus le droit d'y aller.

Jamie la poussa et pressa la poignée, mais la porte était fermée à clé. Gigi émit un soupir de soulagement.

— Je te montre ma chambre ? s'exclama-t-elle gaiement, histoire d'apaiser l'atmosphère.

Les enfants grimpèrent au second étage.

— On l'appelle la Chambre des Feuillages.

De ses fenêtres, Gigi avait vue sur le hêtre. Sous les jeux de lumières, les formes des branches dessinaient des chemins d'ombres sur les murs. Celle d'un écureuil y déambula soudain.

— Tu as de la chance, c'est l'heure du Didi ! pouffa Gigi.

Le Didi, Gigi l'avait découvert à trois ans. Elle était alors sortie en courant de sa chambre en criant :

— Un di... di..., il y a un di... di... dans l'arbre.

— Un didi ? Un didi ? avait demandé Norman. Qu'est-ce que c'est, un didi ?

— Un di... un di...

Gigi n'était pas parvenue à le dire.

Edith et Norman étaient montés voir. Gigi, cachée dans les jambes de sa mère, avait alors pointé du doigt la fenêtre.

— Il est là ! Le di... di...

Gigi avait désigné le hêtre. Ses feuillages semblaient des écailles. Les ramifications des branches formaient le contour d'un corps que les jeux d'ombres révélaient.

Tout le monde l'avait vu, il y avait bien un di... di... un dinosaure dans l'arbre.

— Ce ne sont que des feuilles, l'avait rassurée Edith.

— Des feuilles avec des dents, avait précisé Gigi.

— Tu en aurais moins peur si on le dessinait ? lui avait proposé sa mère.

— Oui, je veux bien.

Alors, Gigi, armée de crayons de couleur, avait capturé le Didi sur une feuille de papier.

Le dessin, encadré, était exposé depuis au-dessus de son lit.

Jamie le regarda un instant et lâcha, dédaigneux :

— Ouais, bof !

Gigi ne releva pas.

— Tu vas sans doute dormir ici, lui dit-elle en montrant le lit près du sien.

« Mais si tu n'y tiens pas, la niche de Perly fera l'affaire ! » pensa-t-elle par-devers elle.

8.
LE GRAND PATATRAS

Jamie observait la bibliothèque de Gigi.

— Je les ai tous lus, se vanta-t-elle.

Mais Jamie n'en avait rien à faire et demanda :

— On continue la visite ?

Ils sortirent dans le couloir.

— Là, c'est la chambre de mes parents, dit Gigi en poussant la porte, la Chambre des Hautbois. Ils n'ont pas la compagnie du hêtre, mais ils ont celle des vents, qui se rencontrent ici et produisent d'étranges symphonies de sifflements, continua-t-elle en montrant la fenêtre. Je te ferai écouter, c'est très beau.

Mais Jamie regardait avec insistance le plafond du couloir.

— C'est la trappe du grenier, lui dit Gigi, je n'ai pas le droit d'y monter. Le Grand Patatras y habite. Enfin, c'est ce que me disent mes parents, comme si j'avais encore cinq ans.

Derrière l'armoire du couloir, Jamie remarqua une échelle. Il l'attrapa tant bien que mal, perdant l'équilibre sous son poids. Elle mesurait deux fois sa taille.

— Ne fais pas ça, le supplia Gigi. C'est dangereux, ajouta-t-elle.

Mais il ne tint pas compte des inquiétudes de sa cousine et l'appuya contre le mur, sous la trappe. Puis il y grimpa.

Plus forte alors que sa raison, la curiosité de Gigi la poussa à le suivre.

Jamie avait ouvert la trappe. Un gros capharnaüm de fauteuils désossés, de tables retournées, de vieux journaux et de sacs d'habits s'étendait devant eux. Perçant dans la pièce par de petites lucarnes, la lumière du jour éclairait faiblement ce paysage de désordre, jauni et usé. Tout ce qui, au fil du temps, n'avait pas ou plus trouvé sa place dans la maison se tenait là. Une mélancolie se dégageait de cet endroit que Gigi n'avait jamais exploré. Elle pensa au Grand Patatras et dit à Jamie :

— D'accord, c'est vrai que c'est intéressant ici... mais bon, ça va, on a vu maintenant... Allez, on redescend ?

Mais Jamie était déjà entré dans une caverne de cartons de livres. Gigi lui emboîta le pas. Très vite, ils se retrouvèrent à quatre pattes en train de progresser sur un parterre de cartes postales fanées. Puis ils se frayèrent un passage entre des colonnes branlantes de piles d'assiettes. Ils entrèrent aussi dans un buffet, au fond duquel Gigi sentit quelque chose lui courir sur le bras.

— Ahhhh ! cria-t-elle. C'est quoi ? Une punaise, je suis sûre que c'est une punaise, et je suis phobique, moi, des punaises, oui, phobique !

Affolée, elle donna un coup de pied dans un pot en terre cuite qui renversa un tabouret qui se démantibula quand il rencontra le sol.

Dans le fond du grenier, une imposante forme noire apparut. Gigi la pointa du doigt et cria :

— Là, le Grand Patatras ! Je le vois !

Jamie la rabroua :

— Idiote ! Ce n'est qu'un monticule de matelas !

Gigi recula, son pied accrocha un pneu qui percuta en roulant un fauteuil à bascule qui déséquilibra une commode qui perdit un tiroir emportant avec lui de nombreuses paires de skis, une vieille chaîne stéréo et un renard empaillé. Le grenier s'écroulait. Le Grand Patatras leur barrait le chemin de la trappe. Jamie s'engouffra dans un édredon et Gigi le perdit de vue. Quelque chose lui toucha l'épaule.

— AAAARGGGGHHHH !!!! hurla-t-elle.

C'était Jamie, enfoui au creux d'un abat-jour. Mains agrippées à ses chevilles, Gigi se laissa glisser dans un tube de dentifrice géant (un cadeau d'un publicitaire à Norman). Les deux cousins se frayaient, tant bien que mal, un chemin dans ce GROS BAZAR.

Quand, soudain, Gigi s'écria :

— Au secours, je m'enfonce ! Aide-moi, Jamie !

Le garçon se retourna, mais n'eut pas le temps de lui tendre la main. La tête de sa cousine disparaissait dans un marécage de bric-à-brac. Jamie y plongea à son tour et se retrouva en haut de l'échelle. Ils avaient trouvé la sortie. Il referma vite la trappe derrière lui, juste à temps, car dans le grenier, à cet instant, on entendit : PATATRAS !

Edith accourut dans l'escalier.

— Que se passe-t-il ici ? Tout va bien ?

Dans le couloir, Gigi et Jamie adoptèrent un air innocent.

— Tout va bien, Maman, on joue, lui assura Gigi.

Sa mère montra l'échelle posée contre le mur.

— Vous vous moquez de moi ?

Jamie escalada alors la rambarde du couloir et fit mine de basculer dans le vide. Effrayée, Edith se jeta sur lui en criant de toutes ses forces : « JAMIE ! » Gigi observait la scène, tétanisée.

— Qu'est-ce qui t'a pris ? demanda Edith en serrant Jamie contre elle. Tu m'as fait une peur bleue.

Jamie se dégagea de son étreinte, à peine ému.

— On continue la visite ? lança-t-il à Gigi.

Edith, sidérée, s'assit contre le mur pour reprendre ses esprits.

Dans l'escalier, Jamie souffla à sa cousine :

— T'as vu ? j'ai un pouvoir magique !

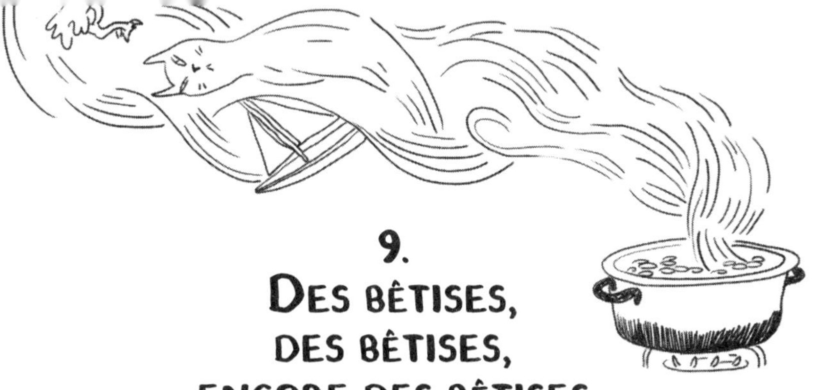

9.
Des bêtises, des bêtises, encore des bêtises

Au repas du soir, Norman demanda aux enfants :

— Que s'est-il passé dans le grenier ?

— C'est pas nous ! mentit Gigi. C'est le Grand Patatras !

— Et c'est le Grand Mystère qui a ouvert la trappe ? rétorqua Edith.

— Oui, Maman, c'est ça, c'est le Grand Mystère !

— Arrête, Gigi Wharton ! gronda Edith.

Gigi regarda de si près son gaspacho qu'elle en eut le nez maculé de tomate.

— Va te débarbouiller ! lui enjoignit sa mère.

Jamie ne disait pas un mot, droit sur sa chaise, le front haut.

Norman le dévisagea.

— Et toi, Jamie, que t'est-il passé par la tête ?

— Tout va bien, je te remercie, Tonton ! lâcha son neveu d'un ton de défi.

Ne souhaitant pas envenimer la situation davantage, Norman reprit :

— Edith m'a tout raconté... La balustrade, le vide. Si tu cherchais à nous faire peur, tu as bien réussi ton coup ! J'en tremble rien que d'y penser...

Gigi baissait toujours les yeux quand elle regagna sa place.

— J'espère que vous n'êtes pas fiers de vous, conclut Norman en se levant pour aller chercher la suite du repas.

Il revint à table avec une grande casserole. Lorsque Edith souleva le couvercle, des petits nuages de vapeur en forme de bateau, de voiture, de chat s'en échappèrent. Norman renversa sa chaise. Il courut à son bureau, et reparut, le visage blême, tenant dans ses mains la boîte où il rangeait ses précieux grains de riz – vide ! Il se pencha au-dessus de la casserole, y plongea la cuillère en bois, refusant de croire qu'il pouvait s'agir là de sa précieuse collection.

— NON !!! Comment avez-vous pu ? Vous n'avez pas pu ! s'écria-t-il, furieux.

Jamie lança un coup d'œil malicieux à Gigi. Elle pensa à ce fameux pouvoir magique dont il lui avait parlé plus tôt, et frémit.

Norman disposa quelques grains au creux de son assiette. Il les fit rouler sous la pointe de ses doigts, toujours incrédule. Sur l'un d'eux, qui avait cuit moins que les autres et n'était pas aussi ramolli, il reconnut sa tour Eiffel, pas tout à fait effacée.

— Papa... tenta Gigi.

Mais Norman était en rage.

— Arghhh ! cria-t-il en brandissant son assiette au-dessus de sa tête.

Il menaçait de la jeter contre un mur, mais se ravisa. Un portrait de sa mère y était accroché et le regardait avec douceur. Norman détourna les yeux. Il reposa son assiette et s'en prit alors à une petite cuillère, qu'il plia en deux avant de se lancer dans un tour de table où il tordit toute l'argenterie.

Puis il ordonna aux enfants :

— MONTEZ, JE NE VEUX PLUS VOUS VOIR ! Et dire que c'est une collection que j'ai commencée à votre âge !

Dans l'escalier, Jamie chuchota à Gigi :

— Faire un tel barouf pour des grains de riz ! C'est un vrai gamin, ton père !

— Oui, il est un peu immature quelquefois, convint Gigi.

Edith posa une main dans le dos de Norman.

En débarrassant les couverts entortillés les uns avec les autres, elle eut l'idée d'une sculpture en couteaux et fourchettes tordus qui lui redonna le sourire.

Ce soir-là, Edith et Norman se retrouvèrent dans la bibliothèque pour discuter, après le fiasco du dîner.

— Quand j'y pense, j'en ai encore le souffle coupé, avoua Edith en frissonnant. Tu te rends compte qu'il a failli se jeter par-dessus la balustrade ? Et il ne semblait même pas avoir peur, il est ensuite parti jouer dans le jardin avec Gigi comme si de rien n'était.

Norman lui prit la main.

— Il ne va pas bien. Avec ce qu'il traverse, c'est normal. Mais ce salaud d'Andrew... pourquoi ne s'occupe-t-il pas de lui ?

Ils parlèrent longtemps de leur neveu, de son étrangeté. Sa froideur et l'aplomb avec lequel il s'était opposé ce jour-là à leur position d'adulte les bouleversaient profondément.

Jamie était un inconnu. Ils ne l'avaient vu que quelques fois chez sa mère, trop peu pour se lier à lui. Ils essayaient de prendre régulièrement de ses nouvelles, mais Dolorès exprimait toujours une réserve à leur égard. Edith et Norman ne comprenaient pas pourquoi elle les tenait à distance. Ils avaient fini par se faire une raison.

Et voilà que Jamie déboulait dans leur vie comme un boulet de canon !

Dolorès avait élevé seule son fils, mais comme elle était « au ciel » à présent... Apparemment, tout était en ordre pour Jamie sur le plan administratif. Il n'y avait pas à paniquer. En tout cas, c'est ce qu'avait affirmé l'homme que Norman avait eu au téléphone. Tout en ajoutant que cela l'arrangerait qu'ils le gardent jusqu'au mois de septembre.

Norman avait dit d'accord, mais ne comprenait pas pourquoi il n'avait pas été prévenu pour l'enterrement, et trouvait cela malséant.

Le lendemain, l'ambiance était électrique dans la maison. Jamie avait eu droit à la visite guidée, maintenant, les cousins tournaient un peu en rond.

— C'est quoi, ce machin ? demanda Jamie à sa cousine en tapotant du bout des doigts un Bizarros de sa tante.

— Une sculpture en pain rassis. Ma mère est un peu artiste, tu sais.

— C'est moche ! lança-t-il. Ça ne ressemble à rien.

Depuis l'enfance, Edith sculptait le pain dur. Dans la mie de miches faites maison, elle taillait des sortes de totems aux formes abstraites et d'autres créatures, qu'elle appelait ses Bizarros. Elle en ornait certains de noyaux de cerises, d'autres étaient peints. On en trouvait dans les chambres, dans le bureau de Norman et dans une petite vitrine du salon jaune.

— Elle construit aussi des maisons miniatures. Tu veux les voir ?

Jamie suivit Gigi dans l'atelier d'Edith, installé sous l'escalier. Une irréelle lumière orange entrait par la petite fenêtre, illuminant les œuvres en cours. Devant un bureau, une photo de Norman déguisé en dauphin amusa Gigi un instant.

Sur une des étagères, des maisons de poupées étaient exposées.

Le regard de Jamie se fixa sur l'une d'elles, qui ressemblait beaucoup à la maison des Bois Noirs. Il la prit dans ses mains et l'emporta.

— Où vas-tu ? s'inquiéta Gigi, qui commençait à se méfier des idées de son cousin.

Jamie entra dans la salle de bains, déposa la maison dans la baignoire, saisit le pommeau de douche, le planta au-dessus du conduit de cheminée minuscule et ouvrit à fond le robinet.

L'eau inonda la maison de poupée.

— Arrête ! s'écria Gigi. Mais qu'est-ce que tu fais, tu es fou ?

Quand elle tenta de prendre le pommeau des mains de Jamie, il la repoussa si violemment qu'elle tomba dans la panière à linge sale.

L'eau s'infiltra dans la maison, la dévalant en cascade, l'engloutissant étage après étage. Les murs gondolèrent, se boursouflèrent. Les couleurs du carton peint déteignirent. Les tapisseries se décollèrent. La maison, gonflée par l'eau, se délita puis finit par s'effondrer. Le siphon de la baignoire en aspira une partie.

Edith et Norman, que les bruits de douche avaient alertés, surgirent dans la salle de bains.

— Gigi ! Jamie ! Qu'avez-vous fait ? s'exclamèrent-ils lorsqu'ils comprirent que la bouillie de carton au fond de la baignoire était l'une des maisons miniatures d'Edith.

C'est alors que Jamie empoigna un tube de crème à raser et en pressa le contenu dans sa bouche. Ce geste laissa son oncle et sa tante sans voix, les privant ainsi d'exprimer leur juste colère.

Edith se précipita vers son neveu et lui arracha le tube.

— Crache ! Crache ! lui dit Norman en lui tapant dans le dos.

Jamie finit par tout régurgiter. Edith ouvrit le robinet du lavabo et lança à Norman :

— Lave-lui la bouche !

Ils ne remarquèrent pas le clin d'œil que leur neveu adressait à sa cousine.

Gigi pensa : « Il a vraiment un pouvoir magique. Ils ne vont même pas nous gronder. »

10.
Pouvoir magique

Gigi et Jamie lisaient dans la bibliothèque, mais Gigi semblait distraite. Ses pieds remuaient nerveusement. Ses mains tournaient si vite les pages de son livre qu'elle ne pouvait les avoir lues réellement. Perché sur le dossier du canapé, Cornélius ne parvenait pas à lire par-dessus son épaule et caquetait :

— Cocoucement, cocoucement !

Gigi demanda brusquement à son cousin :

— Jamie, tu veux bien m'apprendre ton pouvoir magique ?

Un silence suivit.

— T'en es pas capable.

— Si, je t'assure ! Apprends-le-moi.

— Qu'est-ce que tu me donnes en échange ?

— Un dessin ?

— Nul.

— Ma collection de scarabées ?

— Non.

— Mille euros ?

— D'accord.

Gigi réfléchit. Elle n'avait pas autant d'argent dans son porte-monnaie et rectifia :

— Euh... en fait, j'ai autre chose à te proposer. Je peux te parler de ton père, si tu veux.

Piqué par la curiosité, Jamie se redressa. Il suivit des yeux Gigi, qui tirait un livre des rayonnages. Elle le déposa sur la table basse devant le canapé. Sur la couverture, il put lire le titre : *Chefs d'État* ; juste en dessous, une photo représentait deux hommes qui se serraient la main, au milieu d'une foule.

— Lui, c'est un président ! dit Gigi. Mais celui-ci, il ne te rappelle personne ?

Elle pressa son index contre le ventre du second homme.

Jamie ne répondit pas.

— Attends, tu vas voir. Là, c'est un autre président, et là, encore un autre...

Elle fit défiler les pages du livre, couvertes de grandes et belles photos. Sur chacune d'elles, dans une foire agricole, à l'arrivée d'une course cycliste, à l'inauguration d'un pont, un président différent serrait la main d'un seul et même homme. Cet homme que Gigi avait pointé du doigt.

— Il est sur toutes les photos, dit Jamie, tu es sûre que ce n'est pas lui, le président, plutôt ?

Jamie se pencha sur le livre et dit :

— Et il ressemble vachement à Norman, non ?

— Normal, Jamie. Cet homme, c'est mon oncle... Ton père, Andrew.

— Je ne l'avais encore jamais vu, dit Jamie, mais pourquoi est-il sur toutes ces photos ?

— Il doit aimer serrer des mains... Serrer des mains de présidents. Mon père dit qu'il veut toujours se donner de l'importance.

Jamie se leva et prit le livre sous son bras.

— Alors, tu m'apprends ton pouvoir ? lui demanda Gigi.

Mais son cousin était déjà parti dans le couloir et montait l'escalier. Elle entendit la porte de leur chambre se fermer.

Gigi, qui ne comptait pas abandonner aussi facilement, le rejoignit. Jamie était assis dans un coin de la chambre, tourné vers le mur, le livre des présidents ouvert sur les jambes. Il avait décollé et émietté un bout de la tapisserie, qu'il assemblait maintenant comme un puzzle sur l'une des photos.

Gigi lui tourna autour, avant de pousser un peu son épaule du bout du doigt et de le titiller :

— C'est ça, je sais : tu as peur que je sois plus forte que toi au jeu du pouvoir magique ? Que la grande magicienne, ce soit moi ?

— Tu prends tes rêves pour des réalités, rétorqua Jamie. Mais on va voir ce que tu as vraiment dans le ventre, je vais t'apprendre.

En disant cela, il s'était levé, était descendu au premier étage et le parcourait à présent à la recherche d'une idée, talonné par Gigi. Quand ils traversèrent le petit salon jaune, son regard se posa sur l'un des Bizarros d'Edith, sorti de la vitrine et trônant sur la table basse. Jamie leva les yeux vers Gigi, qui regarda le Bizarros à son tour.

Jamie avait compris combien sa tante tenait à ses œuvres de pain dur. Apercevant la raquette de tennis de Norman qui traînait sur la méridienne, il la saisit et l'abattit de toutes ses forces sur la petite sculpture, qui explosa en mille miettes. Puis il colla la raquette dans les mains de sa cousine, et cria :

— Tatie ! Tatie ! Gigi a fait une grosse bêtise !

Gigi était tétanisée. Les pas rapides et lourds de sa mère frappaient les marches de l'escalier.

Avant qu'Edith n'entre en trombe dans le salon, Jamie glissa à sa cousine :

— À toi de jouer !

Edith découvrit son Bizarros en morceaux sur le plancher. Elle lança un regard digne d'un taureau furieux à Gigi, qui tenait l'arme du crime serrée contre elle. Mais celle-ci ne laissa pas à sa mère le temps de s'emporter. Cherchant ce que Jamie aurait bien pu faire à sa place, elle attrapa un vase rempli d'eau et se le renversa sur la tête.

Puis elle fondit en larmes.

Jamie, lui, s'était éclipsé dans la bibliothèque. Il s'empara d'une boîte d'allumettes sur la cheminée et mit le feu à la corbeille à papiers. Les flammes prenaient rapidement de l'ampleur. Elles s'enroulaient à la pile de livres illustrés de Norman, posés sur la tablette toute proche. Cornélius, qui l'avait suivi, sortit de la pièce en criant :

— Cofeu, cofeu ! Causecours !

Edith s'y précipita. Quand elle découvrit ce début d'incendie, elle arracha un rideau et le jeta dessus pour l'étouffer. Mais en se tournant vers Jamie, elle le vit craquer une deuxième allumette et l'approcher dangereusement d'une mèche de ses cheveux.

— JAMIE !!! s'écria Edith, en lui jetant l'eau d'un autre vase sur la tête.

Et elle aussi fondit en larmes.

11.
Le sortilège de Dorothy Carabosse

Une tartine de beurre salé, deux radis et un verre d'eau furent le repas frugal des Wharton ce soir-là. Norman rompit le silence glacial qui régnait à table en déclarant :

— Vous me faites vraiment de la peine, les enfants.

Edith demanda :

— Jamie, parle-nous, qu'est-ce qu'il y a ? Tu nous en veux de quelque chose ? Comment as-tu pu mettre le feu à la corbeille à papiers ? C'est grave !

— Tu crois que c'est facile pour moi d'être un Wharton ? s'emporta Jamie en renversant sa chaise et s'élançant dans l'escalier.

Gigi le rejoignit dans leur chambre.

La fillette s'en voulait d'avoir déçu son père. Mais c'était le prix à payer pour apprendre ce pouvoir !

Et Jamie, que pensait-il de tout cela ? Il devait passer l'été aux Bois Noirs avec eux, allait-il faire profil bas maintenant et ménager Edith et Norman ? Ou leur réservait-il des tracas bien plus grands ?

Après la tentative d'incendie, Edith et Norman eurent une nouvelle discussion. Cet incident avait ravivé en Norman le spectre d'un mauvais souvenir, l'histoire d'un autre incendie, survenu aux Bois Noirs quand il était enfant et dont il n'aimait pas trop parler. Et il ne parvenait pas à passer à autre chose. Edith et lui ne pouvaient rester de marbre face à un geste pareil. Il y avait eu les grains de riz, la maison de poupée, et ensuite, le Bizarros. Mais l'incendie… Un incendie !

Comment allaient-ils s'y prendre avec les enfants ? Edith avait sermonné Gigi, lui rappelant qu'elle lui avait toujours fait confiance mais qu'elle ne la comprenait plus ces jours-ci. Sa fille lui avait alors avoué qu'elle se serait bien passée d'un cousin pareil, qu'elle ne se reconnaissait plus depuis qu'il était là. Elle comptabilisa pour sa mère tous les « Ta gueule » qu'il lui avait envoyés en pleine face et conclut qu'elle ne s'en était jamais autant pris dans les dents.

Bien qu'Edith et Norman ne veuillent pas accabler Jamie, ils ne pouvaient plus laisser passer de tels débordements.

Le regard d'Edith se posa sur le livre des présidents que les enfants avaient négligé de ranger dans les rayonnages et qui traînait sur la table basse.

— Lui parler un peu de son père lui ferait peut-être du bien ? suggéra-t-elle en pensant comme Gigi.

— C'est une bonne idée ! acquiesça Norman.

Sur ces mots, il sortit de la bibliothèque d'un pas décidé et monta voir les cousins. Il les trouva en train de lire chacun dans son lit, sages comme des images. Il était difficile de croire que ces deux petits anges avaient failli mettre le feu à la maison, un peu plus tôt dans la journée.

Chaque soir, Norman racontait dix histoires à Gigi. Dix histoires depuis qu'elle avait dix ans. Quand elle avait neuf ans, il en racontait neuf. Il s'installa sur le grand lit de sa fille, où Jamie les rejoignit, et il proposa de déroger à la règle des dix histoires et de leur parler plutôt d'un événement marquant de leur famille.

— Ça te dit de savoir ce qui a précédé la naissance de ton père ? demanda-t-il à son neveu.

Jamie opina du chef.

— Ma mère venait d'entrer dans son huitième mois de grossesse, mon frère allait bientôt naître. Mon père avait eu l'idée d'organiser une petite fête pour la distraire avant qu'elle n'accouche. Ils avaient convié quelques amis proches. Quelle ne fut pas leur surprise de voir débarquer ce soir-là Dorothy Wharton, cette cousine qu'ils détestaient et avaient surnommée Carabosse !

— Comme la méchante fée ? le coupa Gigi.

— Oui, une cousine de malheur, dit Norman.

— Un peu comme moi, dit Jamie, en espérant que son oncle le rassure.

Norman lui passa la main dans les cheveux et reprit :

— À peine avait-elle pris place à table qu'elle déversa son panier de vipères. Elle se plaignait de tout, déplorait, blessait, se répandait en jugements et oppositions blessantes : « C'est dégoûtant ! » (elle parlait du cocktail à la noix de coco dont mon père était si fier), « Quelle horreur ! » (elle se moquait du strabisme d'un ami de longue date), « Que c'est moche ! » (elle touchait le ventre rond de ma mère), « Ne me parlez pas de cinéma, Buster Keaton ne vaut rien ! », « Arrêtez avec votre musique baroque, je déteste Monteverdi ! »... Elle montait sur ses grands chevaux. Tout le monde était pourtant très calme. Lorsque mon père se pencha pour lui servir une louche de soupe au potiron, il la versa malencontreusement à côté de son assiette.

— C'est ce qu'il a bien voulu faire croire ! soupçonna Gigi.

— Le velouté se répandit sur la belle robe de la cousine Dorothy, qui poussa de grands cris scandalisés : « Pauvre type ! Mais faites quelque chose, c'est chaud, ça brûle ! » Ma mère se précipita pour éponger la robe. Mais, dans la hâte, elle ne trouva pour toute serviette qu'une feuille de salade, qui précipita la tache orange dans des nuances vert caca d'oie.

Tout le monde s'agitait autour de Dorothy. Mais plus on essayait de faire disparaître la tache, usant de trucs et astuces incroyables, plus elle s'étendait.

« Bon sang ! Faites quelque chose, bande d'impotents ! hurla la cousine. C'est inadmissible ! » Elle porta la main à son front, feignant un évanouissement.

Ma mère fut alors prise des premières contractions. Mon frère arrivait. Sa venue au monde imminente piquait la vedette à l'intenable, l'impitoyable, l'imbuvable cousine, qui continuait pourtant de s'époumoner : « Je vous préviens, si la tache reste, vous me le paierez ! »

Mais plus personne ne s'occupait d'elle. Toute l'attention était à présent tournée vers ma mère. Alors, telle une fée de malheur, Dorothy s'approcha d'elle et, pointant du doigt son ventre rond, jeta ce mauvais sort...

— Ah oui, comme dans le conte de la Belle au bois dormant ! s'exclama Gigi.

Jamie râla :

— Tais-toi, Gigi, je veux savoir la suite !

Norman poursuivit :

— Dorothy vociféra : « Toi là-dedans, tu seras moche, imbécile et maladroit, incontinent, myope, hypermétrope, astigmate, et tu loucheras... Je te souhaite un pied bot, des dents de lapin et de l'acné, la gale et la grippe, toutes les saletés, virus et bactéries, des fièvres, des allergies, d'être chauve à neuf ans... »

« La ferme ! » la coupa sèchement mon père en la poussant dehors.

Mais cette tirade malfaisante avait terrifié mes parents. Ils s'imaginèrent le pire tout le temps que dura l'accouchement. Elle provoqua chez eux des pensées superstitieuses dont ils ne purent jamais plus se défaire, même après l'arrivée d'Andrew, ce beau bébé bien portant de trois kilos cinq cents sans yeux tordus ni jambe trop courte.

Dès lors, pour conjurer le mauvais œil, mes parents cédèrent aux moindres de ses désirs, allant jusqu'à les devancer. D'une moue, un battement de cils, un babillage, Andrew régissait. Il fit de mes parents les serviteurs de son royaume. Royaume qu'il ne parvint jamais vraiment à partager.

— Voilà, on dort maintenant ! dit Norman.

— Ça se termine comme ça ? s'exclama Jamie, l'air passionné. Debout sur son lit, il semblait supplier Norman du regard de lui en dire plus sur son père. Ce père dont il n'avait eu jusque-là que la vision affectée et meurtrie de sa mère, qui le traitait toujours de sale type.

— Demain, mon grand. Là, il est largement l'heure de se coucher.

Puis il éteignit la lumière et sortit.

Jamie demanda alors à Gigi :

— Tu dors ?

— Oui, souffla Gigi.

— Pourquoi tu me réponds si tu dors ?

Gigi ne dit rien.

— Tu as entendu, reprit Jamie, mon père a été victime d'un mauvais sort. Tu crois que c'est à cause de ça qu'il a quitté ma mère ? Ton père n'en a pas parlé, mais Dorothy l'a peut-être destiné à devenir ce salaud, comme tout le monde dit... Oui, je suis sûr que c'est ça !

Jamie se tut et laissa son esprit vagabonder, attendant le sommeil.

Quand Edith monta se coucher, quelques heures plus tard, elle jeta un coup d'œil dans la chambre des enfants et fut émue de l'entendre rire alors même qu'il dormait.

12.
L'AFFAIRE HIRONDELLE

Curieusement, le lendemain matin, Gigi souhaitait toujours apprendre le pouvoir magique de son cousin. Les drames de la veille ne lui avaient pas servi de leçon.

Son chocolat chaud avalé, elle fila dehors, sommant Jamie de l'y rejoindre sans tarder. Elle avait besoin de lui.

Il la trouva dans la cour, en train de jeter des cailloux vers un nid d'hirondelles accroché sous le toit.

— Arrête, Gigi ! s'écria-t-il furieux, en se précipitant sur elle.

Trop tard ! Sa cousine venait de lancer une pierre qui, cette fois, frappa sa cible de plein fouet. Le nid tomba sur le sol, où il se répandit en de nombreux éclats de terre et de brindilles.

— Qu'est-ce que tu as fait ? s'emporta Jamie.

Gigi vit alors, au milieu des débris, un oisillon qui gisait sur le dos. Se rendant compte de sa bêtise, elle paniqua. Jamais elle n'avait voulu faire de mal à quiconque. Si elle voulait toucher ce nid, c'était juste pour impressionner son cousin. Lui montrer qu'elle aussi pouvait mettre de l'ambiance et défier ses parents, sachant combien ils tenaient au spectacle de ces hirondelles virevoltant derrière leurs fenêtres.

Jamie prit le frêle oiseau délicatement au creux de ses paumes. Il sentit ses ailes battre. Fort heureusement, il était sain et sauf. Jamie balaya le ciel du regard, souhaitant y apercevoir la mère hirondelle, mais ses yeux ne rencontrèrent que de gros nuages.

— Jamie, rassure-moi, il n'a rien ? Dis-moi qu'il n'a rien ! hoqueta Gigi, paniquée.

— Ça a l'air d'aller, souffla Jamie. Mais nous allons devoir le reloger là-haut.

En disant cela, il fixait du regard la petite lucarne sur le toit qui leur permettrait d'atteindre le chevron où était auparavant installé le nid.

— En passant par le grenier ? Avec le Grand Patatras ? s'exclama Gigi, qui comprenait soudain le plan de son cousin.

— Oui, sinon sa mère ne le retrouvera jamais, dit Jamie. Et je ne veux pas qu'il devienne orphelin ! C'est terrible, tu sais, d'être orphelin.

D'un pas décidé, il se dirigea vers la maison, suivi de près par Gigi.

— Tatie ? Tonton ? appela-t-il.

— Oui ? lui répondit la voix d'Edith.

— Oh, non, non, non, on ne leur dit rien ! le supplia Gigi.

— Au contraire, on leur raconte tout. Ils vont nous aider ! imposa Jamie, qui toquait déjà à la porte de l'atelier de sa tante.

Mais il changea d'avis lorsqu'elle leur ouvrit, un Bizarros dans les mains.

Il cacha discrètement l'oisillon dans son dos et improvisa :

— Il est joli ce Bizarros, Tatie !

Finalement, il préférait qu'ils règlent ça entre eux, Gigi et lui.

Edith lui sourit distraitement et s'en retourna à ses bidouilles.

Cependant, sans l'aide d'Edith, il n'était évidemment plus question de passer par la petite lucarne du grenier et de se mesurer une nouvelle fois au Grand Patatras.

D'accord sur ce point, les deux cousins regagnèrent la cour. Jamie déposa l'oisillon dans la douce fourrure de Perly, qui dormait recroquevillé au pied du hêtre. Le gros pépère ne s'aperçut de rien. Puis Jamie et Gigi rassemblèrent sur les pourtours du bassin les petits morceaux de terre et les brindilles éparpillés par terre. En les mouillant, ils les ramollirent suffisamment pour les agglomérer à nouveau et reformer le nid.

Perché sur le rétroviseur de la voiture, Cornélius les regardait avec attention et jactait de temps à autre :

— Cocornerie, c'est une cocornerie que vous avez cocornée !

— Tu vas te taire ! le rabroua Jamie.

Puis, se ravisant, il demanda gentiment à Cornélius en imitant son drôle d'accent de perroquet :

— Cocornélius, voudrais-tu bien nous-nous aider à accrocro, accroccrocher ce nid là-haut pour-pour sauver ce pauvre-pauvre oi-oisillon ?

Jamie tendait maintenant le nid vers Cornélius, qui tournoya quelques instants autour de lui avant de se poser sur son avant-bras. À la façon d'un inspecteur des travaux finis, le perroquet jugea de la solidité du nid en lui donnant de petits coups de bec. Il le serra ensuite difficilement entre ses pattes et prit son envol vers les hauteurs de la maison.

— C'est dingue, je crois qu'il a compris, dit Gigi.

— Tu le prends pour un cocornichon ou quoi ? lâcha Jamie.

Quand il fut à un mètre du chevron, Cornélius fit un tour sur lui-même et propulsa le nid à pleine vitesse dans les airs. Miraculeusement, celui-ci ne s'aplatit pas contre le mur et retrouva sa place.

En quelques battements d'ailes, Cornélius rejoignit Perly, qui dormait toujours profondément. Il délogea l'oisillon du pelage confortable du chien, et le reconduisit dans son nid.

L'hirondelle mère apparut alors dans le ciel et put donner un ver de terre à son petit.

Gigi sauta de joie et s'exclama :

— Oh, Jamie, c'était vraiment magique !

13. L'Amie Choucroute

Depuis quelques temps, la vie aux Bois Noirs suivait un cours tranquille. Jamie s'était apaisé. Chaque soir, Norman racontait de nouvelles histoires aux enfants. Il choisissait toujours des moments forts de sa jeunesse, qu'il avait partagés avec Andrew. Même s'il ne dressait pas un portrait flatteur de son petit frère, il constatait, au fil des jours, l'impact bienheureux de ces récits sur son neveu. Jamie voulait en entendre toujours plus. Ces histoires, comme un patrimoine, formaient peu à peu la sienne.

Le nid remodelé de « l'affaire hirondelle », comme en parlaient secrètement les cousins, donna le goût à Gigi de réparer le Bizarros de sa mère qu'ils avaient largement détruit d'un coup de raquette. Et même s'il n'avait plus tout à fait la même allure, tout rafistolé de ficelle et de Scotch qui ne masquaient pas vraiment ses fissures, Edith le reçut avec plaisir.

Jamie passait beaucoup de temps dans la forêt. Il aimait son côté sauvage, vierge de tous sentiers. Chaque matin, par la fenêtre de la cuisine, Edith et Norman voyaient leur neveu disparaître dans les Bois Noirs, un livre d'ornithologie ou un guide sur les champignons dans les mains. Il en revenait pour le déjeuner. Puis il y retournait l'après-midi, alors accompagné de Gigi. Il partageait avec elle ses découvertes : une fourmilière, le terrier d'un blaireau, une piste de bêtes menant à une mare.

Ensemble, ils délivraient les arbres du lierre et du gui, ils faisaient des tas des branches cassées pour qu'ils servent d'abris aux rongeurs, ils ramassaient les papiers gras qui avaient volé jusque-là. Ils ressortaient toujours de la forêt couverts d'insectes, de brindilles et d'épines.

Un jour, revenant d'une de leurs escapades, Jamie faussa compagnie à Gigi pour aller trouver son oncle qui pêchait les feuilles mortes dans le bassin du jardin.

— Tonton ? l'interpella-t-il.

— Oui, Jamie ?

— La maison, Gigi m'a dit qu'elle avait été construite par des géants, c'est vrai ?

Norman appuya son épuisette contre la fontaine de rocaille.

— Gigi t'a parlé des géants ? releva-t-il, l'air heureux que sa fille transmette ainsi cette histoire qu'il lui racontait depuis des années. Viens t'asseoir près de moi, ajouta-t-il en enlevant ses chaussures et en glissant ses pieds entre les nénuphars dans l'eau.

Jamie l'imita, et Norman se lança :

— La construction de notre maison a attiré de nombreux spectateurs. Ils venaient des hameaux et des villages avoisinants, pour se délecter des exploits des jumeaux Bohumil, les colosses qui la bâtissaient. C'était un véritable fan-club.

Ce jour-là, il y avait foule. Certaines familles étaient même arrivées dans la nuit, tant étaient convoitées les meilleures places dans l'herbe.

Jamais un admirateur des Bohumil n'aurait manqué le point d'orgue de cette construction : la pose du toit, qui marquerait la fin des travaux de la maison Wharton, ce projet d'Annette et Martin, tes grands-parents.

La légende raconte qu'Azoul et Zimouime Bohumil étaient les enfants d'une montagne et d'un merle gris. Tous deux portaient une longue queue-de-cheval. Géants intemporels, ils paraissaient avoir plus de mille ans. Les rides sur leurs visages dessinaient des circuits où l'on aurait pu faire rouler des billes. Même tête, même gabarit. Leurs mains, puissantes comme des pelleteuses mécaniques, surprenaient par leur adresse. Elles étaient aussi délicates et précises, des mains de champions au mikado.

Sous les yeux impatients de leurs fans, les jumeaux entamèrent une petite danse, leur façon de dire : Au travail !

On avait vu les géants jongler avec les pierres de taille et planter des clous avec leurs pouces. La pose du toit n'en fut pas moins époustouflante.

Tandis qu'Azoul fendait des troncs d'arbres avec l'arête de ses mains, Zimouime les rabotait de ses paumes rugueuses. Encouragés par leur public, les Bohumil travaillaient, pleins d'élan.

Une brassée de poutres dans les bras, ils assemblèrent la charpente au sommet des quatre murs en deux temps, trois mouvements. Ils maniaient les immenses perches de bois comme des brindilles.

Azoul redescendit. Il lança les tuiles à Zimouime comme des Frisbee. Quand Zimouime, en équilibre sur les poutres, se penchait pour poser une tuile d'une main, il réceptionnait, au même instant, la tuile suivante dans sa main libre.

Quelques acrobaties plus tard, ils échangèrent un regard satisfait. La maison était terminée.

Les Bohumil saluèrent alors leur public, dont les applaudissements, les rires et les trépignements firent trembler la colline.

Mon père proposa de faire une photo de groupe. Il invita toutes les personnes présentes à venir près de ma mère et des géants, devant leur belle maison. Après de longues minutes de désordre général, chacun trouva sa place dans le cadre.

« *Cheese !* », lança-t-il en programmant le retardateur de son appareil. Puis il se précipita auprès d'eux, où il trouva une petite place entre les jumeaux.

La photo était parfaite. Tout le monde souriait, visiblement heureux d'avoir assisté à ce chantier, à cette démonstration de force et de magie. Mais il y avait une telle foule devant la maison qu'on ne la voyait plus !

— Dis donc ! s'exclama Jamie.

— Oui, c'est une sacrée histoire, assura Norman.

Puis il ajouta :

— Je l'ai juste un peu remaniée à ma sauce. La photo doit être quelque part, je tâcherai de la retrouver.

Le silence s'installa entre eux. Jamie était trop grand pour croire à ce genre d'histoires, mais il adorait se laisser conter les récits fantasques de son oncle.

— Tonton ? lança-t-il, interrompant leurs pensées.

— Oui ?

— Il y a autre chose.

— Quoi ?

— Tonton ?

— Oui, je t'écoute, Jamie, qu'est-ce qu'il y a ? Arrête de tourner autour du pot !

— Bon... tu aimes les bestioles, toi ? Mais tu vas dire non, je le sais.

— Demande-moi toujours.

— Tonton ?

— Jamie !

— Choucroute...

— Quoi, choucroute ?

— C'est une tortue... une tortue qui vit dans les bois... elle s'appelle Choucroute... eh bien... elle n'a plus de carapace.

— Et que veux-tu ? que nous l'adoptions ?

— Oh, oui, ce serait génial ! Je l'adore tellement !

— Hum !

— Alors, hum quoi ?

— Tu promets de t'en occuper ?

— Oui, oui ! Est-ce qu'elle pourra dormir dans ma chambre ?

— Hum !

— Super, merci, Tonton, tu es le meilleur !

Sur ces mots, Jamie fila dans les bois, d'où il ressortit aussitôt, portant une drôle de tortue dans les bras.

C'est ainsi que Choucroute prit ses quartiers chez les Wharton.

Elle avait une allure vraiment bizarre, cette tortue sans carapace.

Elle n'était pas du tout farouche. Jamie et Gigi l'installaient sur leurs genoux, lui caressaient la tête et lui chatouillaient les pattes.

Mais Jamie avait peur pour sa Choucroute : avec tous les loustics à crocs et à griffes qui peuplaient la forêt, il lui fallait une armure. Jamie n'aurait pas supporté qu'il arrivât malheur à son dinosaure domestique.

— Ma mère doit pouvoir nous aider, suggéra Gigi.

Choucroute amusait beaucoup Edith. Elle considéra l'inquiétude des enfants avec sérieux. Ils avaient raison : toute nue, la tortue était effectivement vulnérable.

Edith sortit un mètre de sa poche et prit les mesures du reptile.

— J'ai une idée ! dit-elle en rejoignant son atelier. Accordez-moi un petit moment !

Dans le vestibule, Jamie, Gigi et Choucroute, installée entre eux sur la méridienne, prêtaient l'oreille aux efforts d'Edith.

— Là, écoute, elle se sert de la scie sauteuse ! souffla Gigi.

— C'est au tour de la visseuse, maintenant ! ajouta Jamie.

Puis ils entendirent des coups de marteau.

— Aïe ! laissa-t-elle échapper.

Et zoum zoum et vim vim et que zoum et que vim, Edith finit par ressortir de sa pièce, les cheveux couverts de sciure. Dans ses bras, victorieuse, elle tenait un château fort.

Elle s'approcha de la tortue et le lui enfila.

— Choucroute, voici pour toi ! lança-t-elle.

Ainsi protégée, Choucroute put, à partir de ce jour, déambuler sans crainte dans le jardin. Il lui était même désormais possible, si elle le souhaitait, de retourner à sa vie sauvage dans la forêt.

Cette forteresse était très pratique. Choucroute en maîtrisa rapidement les rouages. Et pour montrer sa tête maintenant, il lui suffisait d'abaisser d'un coup de bec le pont-levis.

14.
UNE BIEN BELLE TRIBU

Un après-midi pluvieux, Edith et Norman décidèrent de s'attaquer au Grand Patatras. Ranger le grenier n'était pas une mince affaire. Ils ne convièrent pas les enfants à les aider dans cette entreprise, car ceux-ci risquaient de les gêner plus qu'autre chose et cela pouvait être dangereux. La tâche se révéla encore plus colossale que prévu. Le passage de l'ouragan GiJamie y était pour quelque chose.

Edith retrouva une vieille caisse pleine de grandes feuilles d'arbre argentées. Elle la posa devant Norman, qui farfouillait je ne sais quoi dans un bidet.

— Oh, Edith ! Mes feuilles d'argent ! Je les avais rapportées d'un reportage sur l'île des Michaux, dans l'hémisphère Sud.

D'une voix ravie, il raconta :

— Les Michaux : ils se couvraient le corps de dessins à la cendre et portaient des slips en écailles de poissons, des bijoux en racines séchées. Ces feuilles d'argent sont magiques ! J'ai l'impression qu'il a cessé de pleuvoir ; allons prévenir les enfants.

Une feuille d'argent à la main, Norman entraîna Edith dehors, où ils trouvèrent Gigi et Jamie en pleine chasse aux escargots.

Quand Norman constata que le jardin était constellé de flaques d'eau, il bondit de joie.

— Venez voir !

La petite famille forma une ronde autour d'une flaque.

Norman plongea la feuille d'argent dans l'eau, conviant son petit monde à se pencher au-dessus.

— Maintenant, on ne bouge plus ! ordonna-t-il.

Quelques instants plus tard, Norman retira la feuille, qu'il avait pris soin de plaquer au fond de la flaque sous un petit caillou. Comme par magie, son visage et ceux de Gigi, de Jamie et d'Edith commençaient à s'y imprimer.

Ils questionnèrent Norman du regard, muets de surprise. Celui-ci haussa simplement les épaules. Puis, il accrocha la feuille d'argent au-dessus de son bureau. Dans les heures qui suivirent, l'image se transforma. Edith et les enfants passaient par là toutes les cinq minutes pour observer cette mue et s'émerveillaient de voir leurs vêtements se changer en parures d'écailles et de plumes. Des couronnes de racines tressées apparurent lentement dans leurs cheveux.

Une bien belle tribu.

Le soir même, Edith leur dit avec un air réjoui :

— Regardez ce que j'ai cousu.

Et elle sortit de son dos quatre pyjamas à rayures jaunes et noires.

Norman avait des abeilles. Une souche creuse couverte d'une écorce de chêne-liège leur servait de ruche. Mais leur spécialité n'était pas le miel de tilleul ni de lavande : ses abeilles produisaient du miel d'escalier.

Chaque année, elles butinaient les nombreuses fleurs de châtaignier qui poussaient sur sa vingt-sixième marche. Edith et Norman laissaient toujours la porte et les fenêtres ouvertes pour qu'elles puissent aller et venir à leur rythme ces nuits-là. Seules celles de la bibliothèque, où ils installaient des matelas pour dormir, étaient fermées. Ils ne voulaient surtout pas troubler le travail de leurs abeilles en montant dans leurs chambres.

Jamie était enchanté à l'idée de vivre un tel moment, ce rituel, qu'ils appelaient dans la famille « la nuit du dortoir à la saison des fleurs ».

— Tiens, Jamie, ton pyjabeille.

Il regarda sa tante, surpris.

— Celui-ci est pour toi, ma fille, continua-t-elle.

— Oh ! merci, Maman. Il a même des ailes ! s'extasia Gigi.

Au dos des pyjamas, Edith avait cousu des napperons.

— Papa, mets ton pyjabeille aussi, dit Gigi à Norman, qui feuilletait un manuel d'apprenti apiculteur.

— BzzzzzBzzzzz, lui répondit son père avec un air faussement sérieux.

Mais il enfila, à son tour, son ensemble de nuit. Une petite moue de sa lèvre supérieure traduisait sa forte envie de rire.

Gigi lui dit :

— Papa, ça veut dire quoi, « BzzzzzBzzzzzz » ?

— BzzzzzzBzzzzzBzzzzzzBzzzzzz, fit Norman.

— Je crois qu'il te parle dans la langue des abeilles, dit Edith, qui s'amusa à son tour : Il est un peu bzzzzi bzzzzzi zzzzarrrrre, ton papa, ma chérie, tu ne trouves pas ? Quel Tonton, hein, Jamie ?

Gigi et Jamie répondirent en riant :

— Bzzz Bzzz Bzzz Bzzz Bzzz
Bzzz Bzzz Bzzz Bzzz Bzzz Bzzz
Bzzz Bzzz Bzzz Bzzz Bzzz Bzzz Bzzz
Bzzz Bzzz Bzzz Bzzz Bzzz Bzzz Bzzz
Bzzz Bzzz…

Confortablement installés sur leurs lits de fortune, ils finirent par s'endormir, bercés par le bourdonnement de l'essaim derrière la porte.

Quelques jours plus tard, Norman revêtit sa tenue d'apiculteur pour approcher sa ruche et recueillir le miel de ses abeilles. Il ressemblait vraiment à un spationaute, vêtu ainsi.

Sa récolte terminée, il chaussa de grosses chaussures à ressorts pour amuser Gigi et Jamie (un autre accessoire rapporté d'un studio de cinéma), et il bondit des allées aux pelouses, des pelouses au bassin, comme s'il n'était plus contraint par les lois de la gravitation.

Le miel d'escalier fit sensation à la maison. Norman n'en avait obtenu qu'un pot, mais il invita tout de même le facteur, un matin, à entrer en goûter une petite cuillerée.

Pour le remercier, celui-ci lui offrit une bouteille de son eau-de-vie, de l'alcool de chaussettes. Norman en but un verre. Il lui brûla tant le gosier qu'il dut finir son pot de miel pour l'apaiser.

15.
TOUTÂNKHAMON, STAR DE CINÉ

— UNE HISTOIRE ! UNE HISTOIRE ! UNE HISTOIRE ! réclamaient Gigi et Jamie depuis leur chambre.

— J'ARRIVE ! cria Norman, qui laissa en plan dans l'évier la grosse casserole qu'il nettoyait pour les rejoindre d'un pas vif.

Bien installé entre ses petits, dont les têtes reposaient sur ses épaules, Norman remua un peu les fesses pour qu'on lui fasse plus de place dans le lit. Une heure s'était écoulée depuis le début de la première histoire. Norman s'apprêtait à commencer la dixième, mais il tint à préciser, avant de se lancer :

— Ce que je vais vous raconter maintenant a profondément marqué mon enfance. C'est plutôt un mauvais souvenir, mais le fait de vous le transmettre me permettra peut-être d'en rire. Voyez comme je suis ému.

Il avait la chair de poule.

— Alors raconte ! le pressa Gigi.

— Je devais avoir sept ans. Ton père, Jamie, m'a entraîné au fond de la cour, derrière le poulailler.

— Il y avait des poules aux Bois Noirs, à cette époque ? demanda Gigi.

— Oui, et même un coq ! Andrew a un an de moins que moi, mais il était plutôt costaud. Nous courions dans les allées du potager, quand il m'a poussé par terre et s'est jeté sur moi. Il avait pour idée de me faire entrer dans un chou. Il m'a tordu dans tous les sens, sans résultat. Je me défendais bien. Il proposa alors un jeu que nous avions mis au point à la plage, un été, et que nous appelions « l'enterrement ». Ce jeu consistait à creuser un trou pour y ensevelir celui qui était désigné comme « le mort ». Bien entendu, je m'y attendais, Andrew décida que je jouerais le rôle de la victime. J'acceptai. Il fit donc disparaître mon corps dans la fosse. Seule ma tête en dépassait. Il la couronna de feuilles de chou avant de me planter une carotte dans la bouche. À ce stade, je ne savais plus trop quoi penser de tout ce cirque et trouvais mon petit frère quelque peu effrayant. C'est à ce moment qu'a retenti la sirène des pompiers. Andrew est parti en courant.

— Il t'a laissé enterré ? le coupa Jamie.

— Oui, je suis resté un long moment dans mon trou ; à la merci des vers de terre, du méchant rat taupier que mes parents ne parvenaient pas à chasser de leurs plantations, et des chiens du voisinage qui auraient pu lever la patte sur ma figure. J'aurais bien aimé pouvoir me manifester, appeler à l'aide, mais j'avais une carotte dans la bouche ! C'est en venant tirer de l'eau au puits que les pompiers m'ont trouvé. Mes parents étaient fous de joie et n'arrêtaient pas de crier en me déterrant : « Norman, mon petit chou ! Nous avons eu tellement peur ! » Je compris qu'ils m'avaient cru mort, emporté par le feu qui venait, à l'instant, de détruire l'aile droite de la maison. Je me souviens leur avoir dit : « C'est Andrew qui m'a mis là. » Ils se tournèrent vers mon frère, ébahis. Car pour eux, bien qu'Andrew m'ait enterré et abandonné parmi les choux, il venait surtout de me sauver la vie en m'éloignant de l'incendie. Mon frère tira de nombreuses satisfactions de sa bêtise : il eut droit aux félicitations des pompiers, le maire lui offrit un sac de billes et la voisine lui lança des regards énamourés.

— C'est trop injuste ! s'exclama Gigi.

— Il est quand même fort, mon père ! commenta Jamie, pensif. Réussir à se sortir aussi facilement d'un coup tordu pareil, c'est quelque chose !

— Oui... ça me rappelle quelqu'un, rétorqua sa cousine.

— Bon, allez, ce soir, pour le plaisir, je vais exceptionnellement vous raconter une onzième histoire, dit Norman, une histoire de chats – car nous étions une famille à chats. Imothep, Ramsès, Khéops, Nefertiti, Isis et Toutânkhamon, tous nos chats portaient des noms de pharaons et de reines d'Égypte. Une véritable dynastie à eux seuls. Certains étaient des chats de genoux, amateurs de thé, qui ne voulaient rien de plus que la douceur et la chaleur des couvertures ; d'autres, des matous, chats d'action ou aventuriers, qui nous quittaient, puis que l'on soignait quand ils nous revenaient égratignés de partout.

Un après-midi, je marchais en équilibre sur le muret qui borde la maison et Andrew me jetait des graviers pour me déséquilibrer. Toutânkhamon, notre plus jeune chat, paressait au soleil près de nous. Il se grattait l'oreille avec la patte quand un homme passa à vélo. On le vit tomber dans le fossé, d'où il se releva aussitôt en criant : « Merveilleux ! »

Il attrapa son appareil photo, qu'il portait en bandoulière, et commença à s'agiter autour de notre chat en le mitraillant.

« C'est incroyable, je l'ai trouvé. Je l'ai enfin trouvé ! »

Flatté par tant d'attention, Toutânkhamon se redressa et s'étira. L'homme l'applaudit. « Bravo ! »

Puis Toutânkhamon lui fit son grand numéro : il se pavana, miaula, se dandina, se hérissa, se mit en boule, se déploya, enchaîna prouesses acrobatiques et minauderies.

Nos parents apparurent dans la cour, intrigués par cette étrange parade qui affriolait tant ce passant.

« Bonjour, monsieur, que se passe-t-il ? Tout va bien ? » demanda notre père.

Le photographe, prosterné devant notre chat, s'interrompit, essoufflé et transpirant.

« Bonjour, je me présente : Hollie Voud, réalisateur. »

Et il partit dans une envolée dithyrambique : « Votre chat est fantastique ! Une telle grâce dans le poil, une telle prestance sur un muret, une telle magie dans le ronron… »

Il se tourna vers Toutânkhamon et ajouta :

« Tu es né pour le cinéma. Je t'écrirai de grands rôles. Tu vas devenir célèbre. »

Sur ces mots, il tendit une liasse de dollars à nos parents.

Andrew la regarda avec envie.

« Je vous l'achète ! »

« Non, refusa mon père, Toutânkhamon reste ici ! C'est notre chat, nous y sommes attachés. »

Mon père prit alors Toutânkhamon dans ses bras et lança :

« On rentre ! »

Hollie Voud nous poursuivit jusqu'à la maison, mais mon père le fit taire en lui claquant la porte au nez. L'Américain donna un coup de pied dans les graviers, reprit son vélo et s'éloigna dans les collines en maugréant.

Mais le soir, à l'heure de la pâtée, Toutânkhamon ne se montra pas. Ni le jour, ni la semaine, ni le mois suivant. Je collai des affichettes « Chat perdu » sur les poteaux téléphoniques des environs, sans succès. Il fallut se rendre à l'évidence : Toutânkhamon avait disparu. Nous pensâmes tous, bien sûr, à un kidnapping.

Andrew, lui, ne s'inquiétait pas et restait silencieux. Les semaines qui suivirent, il passa beaucoup de temps dans sa chambre, occupé par ses nouveaux jouets coûteux, soi-disant prêtés par un ami fortuné de sa classe.

Nous eûmes le fin mot de l'histoire un an plus tard. Mon père lisait tranquillement son journal, lorsqu'il bondit de son fauteuil, en s'écriant : « Pas possible, mais c'est Toutânkhamon ! *Trafic de croquettes*, qu'est-ce que c'est que ça ? Le dernier film de Hollie Voud ! Regardez, c'est bien notre chat sur cette photo. Il porte un costard ! Incroyable, il fume un cigare et boit un whisky sur celle-ci ! »

Quelle histoire ! Nous avions du mal à y croire. Andrew, lui, ne disait toujours rien. Il monta jouer dans sa chambre avec un train électrique que lui avait aussi prêté son ami fortuné. Je compris tout. Mes parents baissèrent les yeux.

— Quoi ? c'est mon père qui a vendu votre chat ? demanda Jamie.

— Hum, je le crains, dit Norman. Au fait, je viens d'écrire une suite à cette histoire. Ça vous tente ?

— Quoi, tu vas nous raconter une douzième histoire, Papa ? C'est la fête ! s'enthousiasma Gigi.

Elle et Jamie se redressèrent sur leurs oreillers. Norman but une gorgée d'eau, sortit de sa poche une feuille pliée en quatre et se mit à lire :

« Notre voisin d'en face, Prosper, offrit à mes parents un renard empaillé. Quel drôle de cadeau !

— Ça me débarrasse ! leur avait-il dit en le leur tendant.

— Mais nous, ça nous embarrasse... avait chuchoté ma mère entre ses dents, tandis que mon père le recevait poliment dans ses bras.

Quelle mauvaise surprise... L'animal était infesté de puces, qui décidèrent de s'installer chez nous. Elles envahirent les planchers, se glissèrent partout dans les tapis, les coussins des canapés. Tout le mobilier se mit à sautiller, comme monté sur ressorts, les chaises, la table, les chandeliers sur le buffet...

Peu après, une limousine fit son entrée dans la cour. Un chauffeur en descendit et ouvrit la portière arrière à un chat ! Un chat en costume trois-pièces noir et blanc, qui se tenait debout comme un homme et fumait une longue cigarette au menthol.

Il entra dans la maison et miaula victorieusement :

— Je suis de retour aux Bois Noirs ! *Toutânkhamon is back !*

Mais Toutânkhamon tombait bien mal. Annette et Martin ne purent lui accorder l'attention qu'un tel artiste méritait.

— Quoi ? Personne n'accueille la star !? s'insurgea-t-il, en entrant dans le salon.

— Toutes sur lui ! crièrent les puces d'une seule voix.

Toutânkhamon était célèbre. Il avait l'habitude que des fans se jettent sur lui. Il connaissait de nombreuses puces de cinéma.

Contrairement à mes parents, qui bondissaient, rebondissaient, emportés par les sauts de puces, Toutânkhamon, lui, garda les pattes sur terre. Il lança un regard blasé à ma mère, suspendue au lustre, et à mon père, assis dans la corbeille à fruits, qui reprenaient tous deux lentement leurs esprits, et lança :

— Bon ! Je vais me doucher !

Toutânkhamon était le seul chat au monde à aimer se laver. Des puces, il ne fut alors plus question.

Quand mon père lui servit par terre une gamelle de pâtée pour le remercier, Toutânkhamon la renversa d'un coup de patte dédaigneux et repartit comme il était venu, vexé, disant qu'un nouveau tournage l'attendait à Los Angeles : *Chat contre Chien*, 3, avec son meilleur ami, Hollie Voud. En remontant dans sa voiture, il décréta à son chauffeur :

— Je ne remettrai plus jamais un pied chez ces ploucs !

— Très bien, Monsieur. »

— Ça me gratte ! dit Jamie.

— Moi aussi ! dit Gigi.

Norman les chatouilla de bon cœur. Puis il fit un bisou à Jamie et lui passa une main dans les cheveux.

— Dors bien, mon petit gars.

Il serra Gigi un long moment dans ses bras.

— Je t'aime, ma fille.

Quand Norman referma la porte de leur chambre, Jamie se tourna vers sa cousine.

— J'ai un pouvoir magique, mais toi, Gigi, tu as beaucoup de chance. Je sais que ton père m'apprécie, il est très gentil avec moi, mais j'ai quelquefois l'impression qu'il ne fait que répondre à son devoir.

— Arrête, Jamie, ne dis pas ça ! Tu sais bien que tu fais partie de la famille.

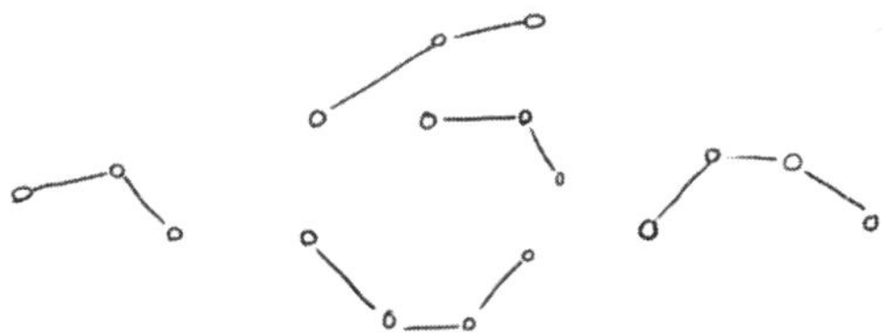

16.
La constellation Wharton

Un matin, Edith faisait du pain. Elle ne remarqua pas Gigi, qui saupoudrait de la levure de boulanger dans sa pâte – beaucoup de levure.

Edith la mit à cuire. Le pain gonfla, jusqu'à prendre des proportions inquiétantes dans le four.

Cornélius, qui volait par là, s'écria :

— C'est cuit, c'est cuit cuit !

Edith sortit le pain de justesse avant qu'il ne fasse exploser la porte du four tant il était gros !

« Ce pain promet un Bizarros du tonnerre ! Vivement qu'il soit rassis ! » se dit-elle.

Alors qu'elle le transportait difficilement dans son atelier, Gigi arriva et le lui prit des mains en s'exclamant :

— Merci, Maman, il est pour moi !

— Ah bon, ma fille, mais pour quoi faire ?

— Surprise ! La fête de l'été, c'est dans moins de soixante-douze heures, je te rappelle.

Edith paniqua un peu lorsqu'elle prit conscience de tout ce qu'il leur restait à faire. Mais dès le lendemain, elle rassembla ses troupes. Norman, Gigi, Jamie et elle-même, chacun mit la main à la pâte les jours qui suivirent. Ils s'activèrent pour concocter des soupes de courgettes froides, des tartes à l'oseille et des cocktails à la noix de coco, des mets et breuvages délicieux, propices à ravir les papilles de leurs invités. Cornélius hissa des guirlandes dans les branches du hêtre, et même Choucroute aida à désherber une partie du jardin ! Seul Perly ne bougea pas son popotin, ronflant dans un coin frais.

La veille du 13 août, la nuit venue, la petite tribu se rassembla sur la terrasse, fatiguée mais heureuse. Chacun choisit son étoile dans le ciel. Quatre étoiles qui, reliées entre elles, dessinaient un sourire.

— C'est la constellation Wharton, dit Gigi.

Edith et Norman se levèrent à l'aurore, le lendemain. Ce jour de fête s'annonçait ensoleillé, radieux, promesse d'un moment parfait... Ce ne fut pas si facile de se lever, car quand le réveil sonna, ils durent s'opposer fermement aux supplications de leurs oreillers : ceux-ci ne supportaient pas qu'ils fassent faux bond à la délicieuse grasse matinée qu'ils auraient pu leur offrir.

Tout en discutant gaiement de tel ou tel ami qui avait confirmé sa venue, Edith et Norman embellirent le jardin de photophores et de guirlandes, dressèrent buffets et tables, réfléchissant à chaque détail.

Norman avait créé un livre en accordéon. Les quatre façades de la maison y étaient reproduites en linogravure. Au dos, le menu était joliment typographié. Pliés en cubes, ces beaux objets formaient de jolies petites maisons colorées que Gigi et Jamie disposèrent sur les tables. Sur les nappes en papier, Edith avait méticuleusement peint des couverts, des assiettes, une carafe et des verres en trompe-l'œil. Argent, porcelaine et cristal, imités à s'y méprendre, allaient amuser leurs amis.

Dans le placard de la cuisine, Norman retrouva une ménagerie de bougies : bougie zébu, bougie gorille, bougie toucan… Il en décora la fontaine de rocaille.

Ils aménagèrent un coin doux de laine et de coton pour les enfants, dans une hutte en branchages. Ils pourraient ainsi venir s'y délecter des dernières histoires de Norman, imprimées pour l'occasion.

Edith installa un télescope au fond du parc. Norman tendit le câble d'une tyrolienne entre un arbre de la forêt et leur grand hêtre. Il invita Gigi et Jamie à récolter du bois sec pour le feu qu'ils avaient prévu d'allumer.

L'orchestre, les Nébulos, arriva en début d'après-midi. Edith et Norman les adoraient. Quand ils répétèrent, toutes les fesses dans la cour se mirent à soukousser. Celles des musiciens, bien sûr, mais celles d'Edith et Norman aussi, et celles de Gigi et Jamie, et les popotins de Cornélius et Perly, tous les derrières, ceux des grenouilles des rocailles, ceux des hirondelles du toit. Norman, entre deux tortillades et petits pas, remarqua même dans la pelouse qu'un ver de terre se trémoussait.

On y était presque. Edith goûta un toast aux anchois qu'elle jugea parfait.

Vint l'heure de se préparer et de dévoiler son costume. Chacun avait secrètement élaboré et bien caché le sien dans la maison pour en faire la surprise aux autres. S'habillant devant leurs miroirs, les Wharton bouillaient d'impatience. La fête allait commencer.

— Je suis prête ! cria Gigi depuis la salle de bains.

— Pareil ! répondit Norman dans la cuisine.

— J'arrive ! lança Jamie.

Ils se rejoignirent dans le jardin, métamorphosés.

Gigi éclata d'un rire tonitruant quand elle vit son père.

— Papa, tu t'es regardé dans un miroir ?

— Je ne vois pas ce que tu veux dire, fit-il en haussant fièrement le menton.

Norman, déguisé en grosse tranche de lard, était coiffé d'une perruque de choucroute. Sortant juste de la cocotte, elle fumait sur sa tête !

Ses mains portaient élégamment des gants en saucisses de Morteau. À ses pieds, deux pommes de terre creusées lui servaient de sabots et, pour couronner le tout, il chevauchait un cochon de bois.

— Non, mais... Papa !

— Gigi, ça va ! Je me sens bien, moi !

Il changea de sujet, l'air un peu gêné :

— Toi, ma puce, tu es... laisse-moi deviner... un Bizarros !

— C'est ça ! répondit Gigi.

Elle s'était confectionné un costume avec le gros pain qu'elle avait subtilisé à sa mère.

— Et toi, mon grand, tu es un... spationaute ?

— Non, un apiculteur !

Jamie montra du doigt le petit écusson cousu sur sa poitrine et sur lequel une abeille était brodée.

— C'est parfait ! dit Norman.

— J'ai demandé à Tatie de me coudre la même combinaison que la tienne.

— Tiens, d'ailleurs, elle n'est pas encore revenue ?

Tous se demandèrent ce que faisait Edith. Un ajustement de dernière minute l'avait entraînée chez sa couturière, au village. Et leurs amis qui allaient arriver d'une seconde à l'autre !

17.
Que la fête commence !

On entendit au loin le ronflement de la Ford. Quelques instants plus tard, un magnifique oiseau apparut dans la cour.

— Maman ! s'exclama Gigi.

Edith portait un incroyable costume de paon dont les plumes n'étaient autres que les pelures d'agrumes qu'elle avait gardées précieusement depuis le début des vacances, tissées entre elles. Sa parure était éclatante, elle scintillait de mille petits diamants. Gigi détailla ces bijoux. Ce n'étaient que des pépins, vernis un à un par Edith.

— Que tu es belle ! Comme tu sens bon ! lâcha Norman en lui attrapant la main et l'invitant à tourner sur elle-même.

Edith tourna sur elle-même et posa un regard réjoui sur sa jolie famille. Elle rit un peu, elle aussi, de son mari. Lança un clin d'œil complice à Jamie – confectionner cette panoplie d'apiculteur avait été un doux moment. Et fut profondément émue que sa Gigi ait emprunté la fantaisie de ses pains durs.

Norman, saisi soudainement par le trac de retrouver tous ses amis, se mit à chantonner :

— Ah gla, ah gla, trouille, trouille, ah gla, ah gla gla, trouille, trouille...

Une petite mélodie des dents qui claquent que Gigi reprit :

— Ah gla, ah gla, trouille, trouille, ah gla, ah gla gla...

Et Edith et Jamie :

— Ah gla, ah gla, trouille, trouille, ah gla, ah gla gla...

Un ours entra alors dans la cour, ne leur laissant pas le temps de flageoler. Les Wharton prirent une grande respiration.

— Ils arrivent ! Bienvenue, bienvenue !!!

Norman enfourcha son cochon de bois pour s'élancer à la rencontre de leur premier invité.

— Andy, c'est toi ? s'exclama-t-il, en lui appuyant sur la truffe.

— Grrr ! fit l'ours.

— Ah, perdu ! Patrick, alors ?

— Grrr !

— Encore perdu ! Je vais trouver !

Un poulpe rose fluo, une tête gigantesque à deux jambes, un phacochère ailé, un chien saucisse debout sur deux pattes, une libellule obèse accompagnée d'un mini-tricératops et d'un mini-diplodocus firent leur apparition.

— Ah ! Il y a des enfants, dit Gigi.

— Des petits... se plaignit Jamie.

La cour se remplit peu à peu d'une foule colorée, bavarde et ravie. Une douce ivresse s'empara de chacun à mesure qu'ils se saluaient et s'émerveillaient des parures des uns et des autres. Chaque personnage avait une voix particulière, une démarche et une attitude contraintes par son costume. Certains se déplaçaient en roulades de buffet en buffet ; d'autres, debout sur les mains, tenaient leurs verres et petits-fours en équilibre sur leurs pieds. De chaque éclat de rire jaillissait un feu d'artifice. Les fantaisies, les jeux des mots animaient le jardin.

Dès qu'un nouveau venu apparaissait, Norman, sur son cochon de bois, le prenait en selle derrière lui et l'entraînait dans un tour du parc en fanfaronnant.

Cornélius allait d'épaule en épaule, fier d'apprendre à tout le monde la dernière expression que lui avait enseignée Gigi :

— Kiki veut de la couillette ? piaillait-il partout.

— Ce n'est pas ça, rectifiait Edith, amusée, il veut juste dire : qui est-ce qui veut de la caillette ? C'est un pâté ardéchois.

Sous un costume de cheval de Troie, de nombreux pieds s'emmêlèrent soudain ; le destrier s'écroula. Une bohémienne immense cueillit un ballon dans les hautes branches du cerisier. Des échasses dépassaient de sa robe.

Le crépuscule fit place à la nuit. Tous partageaient ce rêve éveillé. Aux Bois Noirs, ce soir-là, emportés par les cha-cha-cha des Nébulos, les cumbias et les rocks, ils soukoussaient, endiablés.

Vint le moment pour Norman de jeter une allumette dans la grande pyramide de bois sec et de pommes de pin que Gigi et Jamie avaient assemblés. Ce grand feu révéla d'étranges figures, un peuple d'ombres et de lueurs vives dansant sur les costumes et les visages des invités réunis autour du brasier.

— J'y vais ! dit Norman, qui prit son élan et, toujours à dos de cochon, sauta au-dessus des flammes.

Tout le monde l'applaudit. Il en sortit accompagné d'une agréable odeur de lard grillé. Gigi s'y lança à son tour, suivie par Edith, puis Jamie. Main dans la main, adultes et enfants traversaient maintenant le feu de part en part. À tour de rôle, chacun criait « À moi ! » et jaillissait d'un côté et de l'autre du bûcher. Un ballet de comètes.

Norman avait reconnu nombre de ses amis sous leurs costumes ; cependant, il ne savait toujours pas qui se cachait sous celui de l'ours. C'était un mystère. Il faut dire qu'il lui était très difficile de se concentrer, parce qu'une princesse des Mille et Une Nuits n'arrêtait pas de picorer de la choucroute et des lardons sur sa perruque.

Edith fut saisie d'effroi quand une abominable créature dégoulinante d'algues gluantes émergea des profondeurs du bassin. Elle faisait des « OURHHHHH ! OURHHHHH ! », des « GROUOUOUCKS ? GROUOUOUCKS ! GROUOUOUCKKS ! » en postillonnant des lentilles d'eau. Elle avança à pas lourds, splotch splotch, les bras tendus pour attraper les invités qu'elle trouvait sur son chemin.

Certains se pressèrent dans la hutte des enfants. La créature colla alors son effroyable tronche d'algues entre les branches, continuant ses « OURHHHHH ! OURHHHHH ! », ses « GROUOUOUCKS ? GROUOUOUCKS ! GROUOUOUCKKS ! ». Mais, s'apercevant que personne ne rigolait, le trouble-fête se débarrassa de son manteau de nymphéas et des algues qui lui couvraient la tête. Philip, ce cher Philip, apparut, en combinaison sous-marine, pourvu d'un masque de plongée, et dit avec un sourire gêné :

— Ce n'est que moi ! J'ai remonté la rivière souterraine en spéléo pour venir jusqu'ici !

Mais sa blague avait mal tourné.

Norman le sauva de ce mauvais pas en lançant :

— Allez, mon cher, ce n'est rien. Puis-je te proposer un cocktail de fruits déconfits ?

18.
Un ours mal léché

Par le jeu des distractions nombreuses, du va-et-vient des discussions, des pas de danse qui les entraînaient d'un bout à l'autre de la cour, Edith et Norman ne s'étaient pas croisés depuis le début de soirée. Ils se rencontrèrent devant un buffet, alors qu'ils s'apprêtaient, chacun, à saisir le dernier petit crottin de Chavignol.

— Il est pour toi, ma chère Edith, dit Norman.

Elle le partagea en deux.

C'est en se léchant les doigts qu'ils se posèrent cette même question :

— As-tu des nouvelles des enfants ?

À côté d'eux, l'ours avalait des toasts au miel qu'il attrapait par pleines poignées.

Norman appuya sur sa truffe.

— Robert ?

— Grrr ! fit l'ours, la bouche pleine.

Norman se pencha à l'oreille d'Edith.

— Sais-tu qui se cache là-dessous ?

L'ours leur marcha sur les pieds et s'éloigna vers les rocailles.

Les enfants étaient dans la chambre de Gigi. D'abord installés devant la fenêtre à observer les écureuils, ils s'en étaient vite désintéressés. Et si Edith et Norman avaient levé les yeux à cet instant, ils auraient aperçu dix garnements marchant sur les chemins de branches escarpés du hêtre, en équilibre, hissant un petit canapé vers sa cime.

— Si on tombe, on est mort ? interrogea Gigi.

— Toi non, répondit Jamie. Mais ta mère, ajouta-t-il en montrant Edith qui était juste en dessous, aïe ! Aïe ! Aïe !

Les enfants parvinrent tant bien que mal à coincer le canapé tout en haut de l'arbre et se nichèrent à dix dessus. Installés ainsi aux premières loges, ils allaient pouvoir débusquer plus facilement les étoiles filantes.

— J'en ai vu une ! s'exclama Jamie.

— Et tu as fait un vœu ? lui demanda Gigi.

— Oui, répondit-il, pensif.

Gigi et Jamie lancèrent l'idée d'un cache-cache. Quand Gigi commença à compter, les autres enfants s'éparpillèrent dans les branches pour rejoindre la maison.

Jamie avait sa cachette de prédilection, dans l'un des renfoncements de la cheminée du petit salon jaune du premier, là où Gigi ne l'avait encore jamais trouvé.

— 99... 100 ! J'arrive ! lança Gigi avant de descendre de l'arbre à son tour.

Au même moment, un grognement près du bassin attira l'attention de tous. L'ours, enfoncé à mi-cuisses dans l'eau, pêchait et mangeait les poissons rouges.

Il retourna ensuite au buffet et goba plusieurs melons au jambon, sans même prendre le temps d'en enlever la peau. Quel mauvais camarade, il n'en laissait pour personne !

Sur la piste de danse, il se roula sur le dos. Et le voilà qui rotait, qui pétait et qui se mouchait dans les nappes. Puis il frotta son museau, rosi par les huit parts de tarte aux framboises qu'il venait d'engouffrer, dans le pagne d'un page.

— UN PEU DE TENUE, S'IL TE PLAÎT, le somma Edith. REPRENDS TES ESPRITS, VOYONS ! MAIS QUI ES-TU, À LA FIN ?

Edith avait parlé si fort que l'orchestre s'arrêta.

Le costume avait l'air si vrai, avec son tissu en moumoute d'excellente qualité. On ne distinguait d'ailleurs ni fermeture Éclair ni boutonnière.

Mais au lieu de décliner son identité et de s'excuser, l'invité grogna. Alors Edith grogna aussi. L'invité montra les dents. Alors Edith montra les dents. L'invité sortit les griffes. Il était si grand, si gros, bien plus imposant qu'Edith, qui ne se laissait guère impressionner… Le regard sévère, elle lui montra ses ongles longs vernis de rouge qu'elle n'avait pas coupés depuis plusieurs semaines.

Ça allait vraiment mal tourner.

À cet instant, un grognement fort et profond venu du cœur de la forêt saisit d'effroi les invités. Le malotru se retourna et, à quatre pattes, détala vers le bois. Edith et Norman se regardèrent, dubitatifs, avant de lever leurs verres.

— Trinquons à ce GRAND N'IMPORTE QUOI et aux ours de la forêt ! lancèrent-ils en chœur.

Et la soirée reprit son cours.

19.
Atterrissage sur pièce montée

Quelques instants plus tard, un vacarme fit à nouveau taire les conversations. Tout le monde se boucha les oreilles, certains visages se crispèrent. Et la musique cessa encore une fois.

Un hélicoptère survolait le parc. Son ombre menaçante écrasait les lueurs des lanternes. Les invités s'affolèrent, se couchèrent au sol, crièrent, coururent dans tous les sens. Edith et Norman se réfugièrent derrière un grand figuier de Barbarie en pot. Dans la maison, les enfants, sortis de leurs cachettes, observaient par la fenêtre la panique qui s'était emparée du jardin. Seul Jamie manquait encore à l'appel. Gigi ne l'avait toujours pas trouvé.

L'hélicoptère zébrait la nuit de faisceaux aveuglants, cherchant à se poser sur la pelouse. Le souffle terrifiant de ses hélices plaquait les plus frêles des convives à terre, chassait les perruques de leurs têtes, coupait la chique aux bougies. Il renversait les saladiers de punch et les bouteilles de vin sur les nappes.

Il faisait chavirer les ramequins. Il entraînait les toasts de pâté, montés sur des roues d'olives noires, dans les montagnes russes de nappes froissées. Il fouettait la chantilly des pièces montées, qui allait s'écraser sur les joues et les beaux vêtements des invités déboussolés.

Les musiciens se servaient de leurs instruments comme de boucliers. Une douzaine de personnes s'abritèrent derrière la contrebasse en poussant des hurlements.

Certains avaient essayé de se réfugier à l'intérieur de la maison, mais Perly, en bon chien de garde, était campé devant la porte. Toutes canines dehors, le regard mauvais, la bave aux lèvres, il aboyait, aboyait. Défendant sa maison, il effrayait tout le monde.

Les amis d'Edith et Norman commençaient à rejoindre leurs voitures en se couvrant la tête, se protégeant ainsi des assauts de tomates cerises et de cornichons qui volaient de toutes parts. Ceux dont les enfants étaient dans la maison les firent sortir par les fenêtres de derrière.

L'hélicoptère atterrit alors sur la scène que l'orchestre avait fuie.

Un homme assez grand, dont le nez boursouflé était surmonté de lunettes à montures épaisses qui grossissaient ses yeux globuleux de crapaud, ses grosses joues cernées de rouflaquettes tombant en cascade de chaque côté de son crâne dégarni, en sauta.

Comme une pop star, il s'approcha du micro.

— TÊTE DE NŒUD ! TÊTE DE NŒUD ! OÙ ES-TU, TÊTE DE NŒUD ? hurla-t-il à tue-tête.

— Andrew ! lâcha Norman, avant de se précipiter sur lui et de hurler à son tour : ANDREW, BON SANG ! MAIS COUPE LE MOTEUR !

Andrew lui rétorqua :

— TÊTE DE NŒUD ! MAIS C'EST TÊTE DE NŒUD ! MON CHER TÊTE DE NŒUD ! TU M'AS L'AIR ENCORE PLUS NIAIS QU'AVANT !

— ANDREW, JE T'EN PRIE, COUPE TON MOTEUR !

— NON ! JE LE LAISSE TOURNER. MON HÉLICOPTÈRE MET PRESQUE UNE MINUTE À SE RELANCER. C'EST BIEN TROP LONG !

Comme toujours, les deux frères ne se comprenaient pas. La dureté d'Andrew, cinglante et impitoyable, glaça Norman, dont les mains tremblaient.

— TÊTE DE NŒUD, MAIS QUELLE FÊTE DÉPLORABLE TU AS ORGANISÉE ! REGARDE-MOI ÇA ! lança encore Andrew en contournant une pièce montée qui gisait au sol, écrasée dans sa chantilly.

Il attrapa, sur le seul buffet encore debout, un petit saucisson en croûte.

— EN PLUS, IL N'Y A PERSONNE ! cria-t-il encore. TU N'AS DONC TOUJOURS PAS D'AMIS ?

Norman aurait voulu leur botter le train, à lui et à son hélico, les renvoyer d'un coup de pied là d'où ils venaient, mais il pensa à Jamie et refréna sa colère.

Andrew reprit :

— CE QU'IL EST MOCHE, TON PARC, DÉSESPÉRANT !

— POURQUOI ES-TU LÀ ? s'égosilla Norman.

— J'AI RENCONTRÉ UN MAHARADJAH QUI FAIT LA COLLECTION, COMME TOI, DES GRAINS DE RIZ GRAVÉS. TU EN AS BIEN UN AVEC LA TOUR EIFFEL ?

— J'EN AVAIS UN ! corrigea Norman.

— NE ME MENS PAS, J'EN AI BESOIN. C'EST CELUI QUE LE MAHARADJAH CHERCHE !

— JE NE L'AI PLUS, JE TE DIS ! JAM...

Norman se ravisa, le moment était malvenu d'apprendre à Andrew que son fils était là.

— JE L'AI PERDU.

— SI TU NE ME LE DONNES PAS, JE VAIS LE PRENDRE MOI-MÊME ! hurla Andrew.

Et il traversa la cour.

Quand Perly, toujours posté sur le seuil de la maison, le vit, il se jeta à son cou, enfouit ses grosses pattes dans le peu de cheveux qui restaient à son maître et lui débarbouilla le visage.

— DÉGAGE, SALE BÊTE ! râla Andrew en le repoussant d'un coup de genoux. NORMAN, TU NE PEUX PAS TENIR TON CHIEN ?

Cornélius apparut à son tour. Il voleta autour d'Andrew, qui le chassa avec la main.

— NORMAN, BON SANG ! MAIS RETIENS TES SALES BÊTES !

Andrew franchit la porte. Il se précipita dans la cuisine, où il repéra une succession de pots : café, thé, farine… Sur l'un d'eux, il lut le mot « riz ». Il versa son contenu sur le plan de travail. Une petite dune blanche se forma. Andrew examina chaque grain, avant de les envoyer nerveusement au sol.

— OÙ ? gronda-t-il. AH, JE SAIS, TU DOIS CACHER ÇA DANS TON BUREAU !

Norman se dit que son frère, comme d'habitude, faisait les questions et les réponses. Andrew monta, ouvrit les tiroirs du secrétaire, l'armoire, toutes les boîtes qu'il trouva.

Rien.

Norman, qui l'avait suivi, lui répéta :

— Je te l'ai dit, je ne l'ai plus !

— TU VAS ME LE PAYER TRÈS CHER, SI TU NE ME DONNES PAS TOUT DE SUITE CE GRAIN DE RIZ !

Bouillant de colère, Andrew sortit du bureau et entra dans le petit salon jaune, criant de plus belle, exaspéré :

— ENCORE UNE FOIS, TU ME PROUVES QUE TU N'AS PAS L'ESPRIT DE FAMILLE !

Il s'assit dans un fauteuil, prenant sa tête dans ses mains.

— SI JE NE LE RAPPORTE PAS, JE NE SERAI PAS SACRÉ, MOI AUSSI, MAHARADJAH... JE VEUX ÊTRE MAHARADJAH ! MAHARADJAH ! MAHARADJAH ! pleurnicha-t-il.

C'était un moment d'épanchement plutôt rare pour Andrew.

— Andrew, ton fils est là, osa Norman.

— QUOI, MA FILLE ? MAIS JE N'AI PAS DE FILLE !

— Non, Jamie, ton fils… Il est ici !

— ET UN FILS MAINTENANT ! vociféra Andrew. Écoute, ne me parle pas d'enfants, tu sais bien que je les DÉTESTE. Ils n'ont aucun vocabulaire. Pipi, caca, ah, ces mots-là, oui, ils savent. Mais questionne-les sur la politique internationale, le cours de la Bourse, l'économie, ils ne tiennent pas la route. En plus, ils ont des croûtes sur les genoux, qu'ils passent leur temps à gratter. Et de la morve plein le nez qui leur dégouline sur les lèvres, alors ils la reniflent, ou pire. Ils mouillent leur lit juste pour user nos lave-linge. Ils changent de pointure de chaussures tous les six mois pour nous ruiner. Ils ont la varicelle. Et tu peux leur faire croire ce que tu veux… Une cuillère de purée est une fusée, ben voyons ! Et une bouchée pour papa, une bouchée pour maman, une bouchée pour papi, une pour mamie, une pour tatie, une pour le chat, une pour le crayon de couleur, une pour l'essuie-tout ! Et ils sont fourbes, aussi. Ils ne montrent leurs vrais visages et ne parlent avec leurs vraies voix que lorsqu'ils nous ont vraiment embobinés, à l'adolescence !

Caché dans la cheminée, replié sur lui-même, Jamie écoutait, silencieux.

20.
Jamie a disparu

Laissant Norman gérer la situation, Edith et Gigi cherchaient Jamie dans toute la maison.

— Jamie, montre-toi, ton père est là ! Où es-tu ? Tu vas enfin pouvoir le rencontrer, glissait Gigi aux armoires et aux buffets.

Mais Jamie restait muet, recroquevillé dans sa cachette, la tête au niveau des genoux. Et pourtant, il aurait voulu rencontrer son père, lui parler, fondre en larmes, crier, se jeter contre lui. Sortir du précipice où tant d'indifférence l'avait poussé, ces dix années sans un père à qui se confier. Il lui en voulait tant pour son absence.

Dans le salon jaune, Andrew accompagnait maintenant ses mots cinglants de grands gestes et de coups de pied dans les meubles.

— Andrew, tu dois le rencontrer. S'il te plaît.

— TU M'AS DONNÉ LE GRAIN DE RIZ ? NON !

— Mais je ne l'ai plus !

— MENSONGE !

Norman approcha la main de l'épaule de son frère.

— NE ME TOUCHE PAS, TÊTE DE NŒUD !

— Mais Andrew, arrête ! Pourquoi es-tu comme ça ? Toi qui m'as appris à nager !

— JE T'AI POUSSÉ À L'EAU POUR TE NOYER ET TU AS FAIT LE PETIT CHIEN !

— Toi qui m'as appris à cueillir les champignons !

— JE NE T'AI MONTRÉ QUE LES VÉNÉNEUX !

— Toi qui m'as sauvé de l'incendie ?

— JE T'AI ENTERRÉ DANS LES CHOUX !

Puis, sans une explication, Andrew se rua dehors, sauta dans son hélicoptère et décolla.

Norman n'en revenait pas. Il regardait le jardin dévasté. Ramassant une cacahuète, il la jeta de toutes ses forces vers l'engin qui s'éloignait.

— AÏE ! entendit-on dans la nuit.

Edith rejoignit son époux.

— Il n'a rien voulu entendre pour Jamie, souffla Norman, le visage triste.

— Nous ne l'avons pas trouvé. Gigi le cherche encore, dit Edith, l'air navré.

— Allons l'aider.

Ils inspectèrent le rez-de-chaussée : rien. Dans la bibliothèque du premier, ils le cherchèrent derrière chacun des livres… Ils étaient tellement absorbés qu'ils ne remarquèrent pas la porte qui se fermait, n'entendirent pas le tour de clé dans la serrure.

Quand ils voulurent sortir, ce fut impossible.

— Gigi, Jamie ? appelèrent-ils en toquant.

Rien.

Edith et Norman étaient prisonniers dans leur propre bibliothèque.

Gigi était d'abord retournée au canapé de la cime. Elle avait ensuite arpenté le toit et pris son courage à deux mains pour inspecter le grenier. Aucune trace de son cousin.

Alors qu'elle traversait le petit salon jaune, quelque chose attira son attention. Un souffle, à peine audible, semblait venir de la cheminée. Était-ce seulement un courant d'air ? Elle s'approcha. Sentit grandir un malaise. Le souffle se fit plus fort. Gigi entra dans le foyer. Elle tendit le bras droit devant elle. Il disparut dans l'ombre du renfoncement. Comme avalée, elle avança. À son grand étonnement, elle put faire plusieurs pas dans l'obscurité sans rencontrer de mur. Jamais Gigi n'aurait cru ce recoin si profond. Elle se retourna. La clarté du salon n'était plus qu'une faible lueur lointaine. Elle entendit un grognement plaintif couplé d'un bourdonnement rageur. De plus en plus fort, le grognement lui donna la chair de poule.

Elle vit soudain briller deux billes jaunes dans la pénombre : une paire d'yeux. Puis une autre et encore une autre apparurent, à un mètre d'elle. Elle recula et se retourna pour se précipiter vers la sortie. Sur ses talons, la créature la poursuivait. Gigi jaillit dans le salon et trébucha. Tomba. Se traînant sur les fesses, terrifiée par ce qui allait surgir derrière elle, elle se figea. Elle vit d'abord des pattes. Monstrueuses. Larges. Épaisses. Toutes griffes sorties. Celles d'un chien. Il ressemblait à Perly. C'était bien lui. Mais au fond de ses yeux brillait de la folie. Son Perly. Il grogna. Comment son adorable toutou pouvait-il la menacer ainsi ?

Un garçon qui ressemblait beaucoup à Jamie le chevauchait. Mais son visage vieilli rappelait les traits d'Andrew. Comme si son cousin s'était transformé en réplique miniature de l'oncle infâme.

Telle une couronne, il portait Cornélius sur sa tête. Mais cet oiseau dont les yeux perçants semblaient clouer Gigi sur place était-il vraiment son fidèle compagnon ? Elle se mit à trembler.

Effrayée, Gigi recula jusqu'au couloir, toujours sur les fesses. Le monstre à trois têtes la suivait. Immense, aussi imperturbable qu'une statue. Paniquée, Gigi se retrouva dos collé à la porte de la bibliothèque. Elle ne pouvait pas s'échapper.

— JE VAIS CASSER, TOUT CASSER, LA MAISON, LE HÊTRE, LA FONTAINE, LES LIVRES, LES GRENOUILLES, LE DIDI DINOSAURE, LES BIZARROS, L'IMPRIMERIE, LES BOIS NOIRS, LE CIEL DE MA MÈRE, PRENDRE LA VOITURE, ROULER DANS LA NUIT ! hurla Jamie.

Alertés par les cris, Edith et Norman s'étaient approchés de la porte et observaient, à travers la serrure, le drame qui se jouait dans le couloir. Comment venir en aide à leur Gigi ? Comment faire revenir Jamie à lui ?

Sur le canapé, Norman aperçut des feuillets, ses derniers textes pas encore imprimés. L'un d'eux parlait de son neveu. Il courut le chercher, revint à la porte, se mit à genoux et plaqua sa bouche contre la serrure.

— « Mon Jamie, quelle joie que tu sois là, de te connaître », lut-il.

Gigi se rendit compte qu'elle seule entendait la voix de son père. Jamie continuait de fulminer, comme s'il était en transe :

— JE VAIS RETROUVER MON PÈRE, LUI BRÛLER LA LANGUE, LUI CRAMER SES AIRS, JE VAIS TOUT CASSER, EN FINIR AVEC ÇA, AVEC TOUT ÇA, AVEC MOI !

Derrière la porte, Norman continuait de lire. Gigi commença à répéter chacun de ses mots :

— « Jamie, je suis tellement soulagé que nous ayons découvert cette façon joyeuse et tendre d'être ensemble. Nous avons formé une si bonne troupe ces dernières semaines, et ce malgré l'incompréhension du début, la peur, la difficulté de trouver les mots. Nous y sommes parvenus. Jamie, tu es de ceux qui cherchent. Tentent. Goûtent. Inventent. Dépassent et changent le monde autour d'eux. Tu as tant d'appétit ! Tu veux des pirates, des alligators, des couchers de soleil, des algues phosphorescentes, des loopings, des sauts de l'ange dans la mer, des fanfares dans tes rêves, tenir des fêtes foraines dans ta main : tout le temps, des histoires ! Je suis heureux que tu aimes tant cela, les histoires, et si flatté que celles que j'écris trônent au sommet de la pile de tes livres de chevet. J'aimerais maintenant t'apprendre à parler la langue des abeilles, et te donner la recette d'un bon pesto. Tu n'es pas responsable de la folie de ton père. Sa hargne, son mépris, il nous en accable tous. Tu es sa cible autant que moi, Edith, Gigi, Perly, Cornélius. Sa cruauté le gouverne depuis toujours. Bien avant toi. C'est un homme sous l'emprise de démons. Andrew, en passant lamentablement à côté de toi, perd immensément plus qu'un titre imbécile de maharadjah. Sois-en sûr. Il perd un fils merveilleux. Et si tu veux de nous, Jamie, nous aimerions t'adopter. »

Edith, suspendue aux mots de Norman, vit passer une étoile filante à travers la fenêtre et fit un vœu.

Au fur et à mesure que les mots de Norman parvenaient à ses oreilles, le visage de Jamie s'adoucissait. Parvenant à s'extraire du marécage de tourments dans lequel il s'était enlisé, il sembla soudain se détacher de l'emprise d'Andrew. Comme si tout son être se désolidarisait de ce père terrible.

Cornélius retrouva son air d'oiseau joueur. Perly, sa bonhomie pataude. Comme si tout cela n'avait été qu'un mauvais rêve.

Jamie tendit la clé de la bibliothèque à Gigi. Elle libéra ses parents de leur geôle. Quand il les vit, tellement émus, tendant les bras vers lui, Jamie se pencha vers Perly et s'accrocha à son cou. Pour mieux cacher ses larmes, il enfouit son visage dans le pelage doux et rassurant de l'animal.

Quel mal piqua soudain le chien ? Perly se rua dans l'escalier, entraînant Jamie, qui s'agrippait à lui tant bien que mal. Edith, Norman et Gigi s'élancèrent après eux. Cornélius, qui s'était posté sur l'épaule de Gigi, poussait d'incompréhensibles petits cris. Gêné par le poids du garçon, Perly glissa sur une marche et ils tombèrent en arrière, entraînant les autres dans leur chute. Une pelote de corps, de plumes et de poils dévala l'escalier, avant de s'étaler piteusement sur le sol du rez-de-chaussée.

— Mon bras ! Ma jambe ! Mon dos ! Mon pied ! Warf warf ! Kaï kaï ! se plaignirent-ils tous en chœur.

21.
Descendue du ciel

Le lendemain matin, après une expédition nocturne aux urgences de la ville voisine – heureusement, Cornélius était ressorti indemne de l'accident et avait pu voler jusqu'au téléphone pour appeler une ambulance, en picorant les bons chiffres sur le clavier –, Edith, Norman, Gigi et Jamie furent assignés au grand canapé du salon. Ils s'étaient tous cassé quelque chose, chacun plâtré à l'emplacement de sa blessure.

Vers neuf heures, on sonna à la porte.

— Entrez, c'est ouvert ! lança Norman, en grimaçant.

Le facteur eut un air ahuri quand il découvrit ce gang d'éclopés : Gigi tendait un lait fraise à Norman, qui le sirotait à la paille tout en grattant la jambe plâtrée d'Edith avec une fine règle en métal, tandis que celle-ci massait le pied de Jamie.

— Je vous livre une dame aujourd'hui ! plaisanta-t-il. Je l'ai trouvée sur la route, perdue. Elle cherchait votre maison.

Une grande femme franchit le seuil de la pièce, l'air tout aussi surprise que le facteur de découvrir tous ces blessés.

— Maman ! s'écria Jamie.

— Dolorès, c'est bien toi ? s'exclama Norman. L'un de tes amis nous a dit que tu étais au ciel ! Nous avions imaginé le pire...

— Il a dû vouloir dire dans le ciel... pas au ciel... rectifia la femme. J'ai rejoint l'Agence spatiale européenne, il y a un an. Jamie ne vous a pas donné ma lettre quand il est arrivé ? J'y expliquais tout : Andrew, mon travail, cette chance inespérée de pouvoir participer à une mission spatiale. Je vous remerciais d'avance de le garder avec vous, le temps des vacances. (Elle lança un regard accusateur à Jamie, qui se faisait tout petit dans le canapé.) C'était aussi très important pour moi qu'il découvre malgré tout cette maison où son père a grandi. Tout s'est bien passé ? Quand je vous vois ainsi, je ne sais qu'imaginer...

Edith et Norman furent un peu soufflés par son aplomb. Dolorès ne semblait nullement se sentir coupable de les avoir tenus à distance de leur neveu toutes ces années. Et aujourd'hui, elle débarquait comme une fleur !

Elle lut cette petite indignation dans leurs yeux et tenta de se rattraper :

— Je devais vraiment m'absenter. C'était une occasion impossible à refuser. Je n'ai jamais été très attentive avec vous et j'en suis sincèrement désolée. Mais comprenez-moi, il fallait absolument que je me détache de tout ce qui me rappelait Andrew. Et je suis là maintenant, je vais m'occuper de vous !

Elle passa une main dans les cheveux de son fils, puis pinça la joue de Gigi.

— Tu dois être contente, toi, d'avoir un cousin comme Jamie ?

La fin des vacances approchait. Mais le jour du départ, personne ne semblait décidé à quitter les Bois Noirs. Personne ne faisait sa valise ni ne passait l'aspirateur. Personne ne vidait le frigo ni ne préparait un casse-croûte pour la route. Personne ne fermait les volets. Personne ne chargeait la voiture. Personne ne pressait personne de s'activer !

Comment cela aurait-il pu être possible ? Norman et son cou tordu, Edith avec ses béquilles, Gigi et son bras cassé, Jamie et son épaule fêlée.

Seule Dolorès aurait pu se vouer à organiser le départ, mais il aurait fallu pour cela qu'elle soit encore là. Elle qui devait s'occuper d'eux, tu parles ! Elle avait reçu un appel de l'Agence spatiale le lendemain de son arrivée et avait dû repartir en catastrophe.

— Il s'agit de ma carrière, vous comprenez. Jamie a besoin d'une mère forte pour se construire, de sentir que je m'épanouis pour s'émanciper à son tour.

— Oui, c'est ça, comme Andrew... Lui aussi, il s'épanouit, l'avait rabrouée Norman.

— Oh ! Ne me parle pas de ce sale type, Norman ! Bon, je dois vous laisser. Ça va aller, hein, mon chéri ? avait-elle continué en s'adressant à Jamie. Edith et Norman s'occupent bien de toi ? Et puis, quand on y pense, si vous unissez vos efforts, vous n'êtes pas si invalides ! Prêtez-vous donc vos mains, vos jambes, et vous ne serez empêchés de rien ! Allez, bonne chance, je reviens vite.

Elle avait donné une bise à chacun, les laissant tous les quatre abasourdis sur le canapé et la banquette du salon.

Canapé et banquette desquels ils ne semblaient pas avoir bougé depuis ! Un vrai radeau de fortune, où ils discutaient, rêvassaient et lisaient, Choucroute posée sur leurs genoux, où ils jouaient aux cartes sur le dos de Perly, donnaient des cours de diction à Cornélius. Gigi avait confié à Edith sa recette des pains géants. Elles avaient trouvé la force d'en cuire deux et ils se nourrissaient à présent d'immenses tartines de confitures. L'accoudoir du canapé servait de bureau à Norman, qui s'était mis en tête de rassembler toutes ses histoires pour en faire un roman.

— Et si je prenais une année sabbatique pour l'écrire ? avait-il dit.

— Moi, je pourrais vider le salon pour y exposer tous mes Bizarros et mes maisons miniatures, le temps d'un week-end à l'automne, avait ajouté Edith. Tu penses que nos amis reviendront nous voir ?

— D'ailleurs, ne pourrions-nous pas organiser aussi la fête des champignons à cette période-là ?

— Et celle des sculptures de glace en hiver ?

— Oh, oui ! Et celle des bourgeons au printemps ?

— Et si nous nous faisions livrer un bateau que les frères Bohumil hisseraient sur le toit ? Dolorès et Jamie pourraient s'y installer, et vivre ici avec nous...

Et si... et si... et si...

Tandis que ses parents rêvaient à ces projets, Gigi donna un petit coup de coude à Jamie.

— Ça te dirait de commencer une collection de plâtres quand nous serons guéris ?

Elle souffla à plein poumons dans celui qui lui couvrait la main. Un son innommable retentit et un petit loir en sortit.

— T'as vu, cousin, j'ai un pouvoir magique, moi aussi !

Remerciements

Merci à Gilberte Bourget et Aurélien d'Almeida pour leurs conseils.

Et à mon bon camarade du club d'écriture, Quentin "Draw-Draw" Préaud.

L'AUTEUR

Gauthier David, né en 1976, a signé plusieurs albums pour enfants qu'il a illustrés lui-même ou qui sont illustrés par sa compagne Marie Caudry. En parallèle de ses activités littéraires, il crée aussi des spectacles.

Un été Wharton est son premier roman.

L'ILLUSTRATRICE

À l'issue d'une enfance passée à fabriquer des lits superposés en allumettes pour les fourmis, à sauter dans les bottes de foin en se bouchant le nez, et à dessiner des chevaliers pendant que son grand frère faisait les châteaux forts, **Marie Caudry** est entrée aux Beaux-Arts de Bordeaux. Elle s'y est adonnée à la traduction française de l'apprentissage de l'anglais aux Cambodgiens par une méthode dessinée par des Chinois résidant en Roumanie. Sans grand succès. Gauthier David et elle ont alors décidé de se consacrer à la littérature jeunesse. Ils vivent avec leurs deux enfants à la lisière de la forêt de Saoû, dans la Drôme, où l'on croise parfois des loups.

Découvre d'autres romans parus chez hélium :

Robêêrt
De Jean-Luc Fromental
Illustré par Thomas Baas

Robêêrt est un mouton, un simple mouton de ferme. Cependant, grâce à sa soif d'apprendre et son sens de l'observation, l'agneau devient très vite l'élève du chien de berger. Devenu la bête noire du troupeau, Robêêrt accède avec soulagement à la Grande Maison, mais ne fait rapidement plus l'affaire comme peluche vivante pour petites filles gâtées. Pas simple de ne pas être un mouton comme les autres ! Mais notre mouton n'a pas fini de vivre des péripéties : de voyages à l'étranger en rebondissements déchaînés, Robêêrt réussira-t-il à transformer la condition des pauvres moutons ? Plutôt que de finir en ragoût, accédera-il à un avenir glorieux ?

La Dernière Abeille
De Bren MacDibble

Pivoine vit avec son grand-père et sa sœur, Magnolia, dans une ferme fruitière. Elle travaille chaque jour très dur pour devenir une abeille. En attendant d'avoir l'âge requis par le contremaître, Piv remplit de son mieux sa fonction de vermine, et débusque les nuisibles venus grignoter les fruits. Mais ses espoirs s'envolent lorsque sa mère l'oblige à la rejoindre en ville pour rentrer au service d'une famille d'Urbains. Projetée dans un monde citadin âpre et anxiogène, Pivoine ne pense qu'à une chose : regagner sa ferme et aller au bout de son rêve. Avec l'aide d'Esmeralda, la fille délicate et agoraphobe de ses employeurs, elle met au point un ingénieux plan d'évasion.

Kid au 1er Sommet des Animaux
De Gwenaël David
Illustré par Simon Bailly

Paris, 2030. Alors que les orages magnétiques et d'autres catastrophes climatiques sont désormais monnaie courante, le tout premier Sommet des Animaux est organisé dans la capitale. Il s'agit de réunir tous les habitants de la Planète – humains, animaux, et même microbes… – pour qu'ils se mettent d'accord sur une gestion équitable des ressources naturelles, qu'il est devenu vital de préserver. Kid, une élève de 6e, est choisie par toutes les écoles pour réaliser un reportage sur cet événement historique. Elle n'est pas la seule représentante de l'espèce humaine (il y a bien un homme adulte dans la salle), mais se sent toutefois bien isolée au sein de l'assemblée désordonnée, odorante et cacophonique qu'elle découvre.

hélium

Pour nous contacter :

hélium
62 avenue de Saxe – 75015 Paris
Tél. : 01 45 87 99 15

Rendez-vous sur notre site :
helium-editions.fr

Pour envoyer votre projet de roman :
manuscritsfiction@helium-editions.fr

Diffusion Actes Sud
Cet ouvrage a été composé par Actes Sud à Arles

Imprimé en Italie en mai 2021
par Grafica Veneta
Dépôt légal : juin 2021